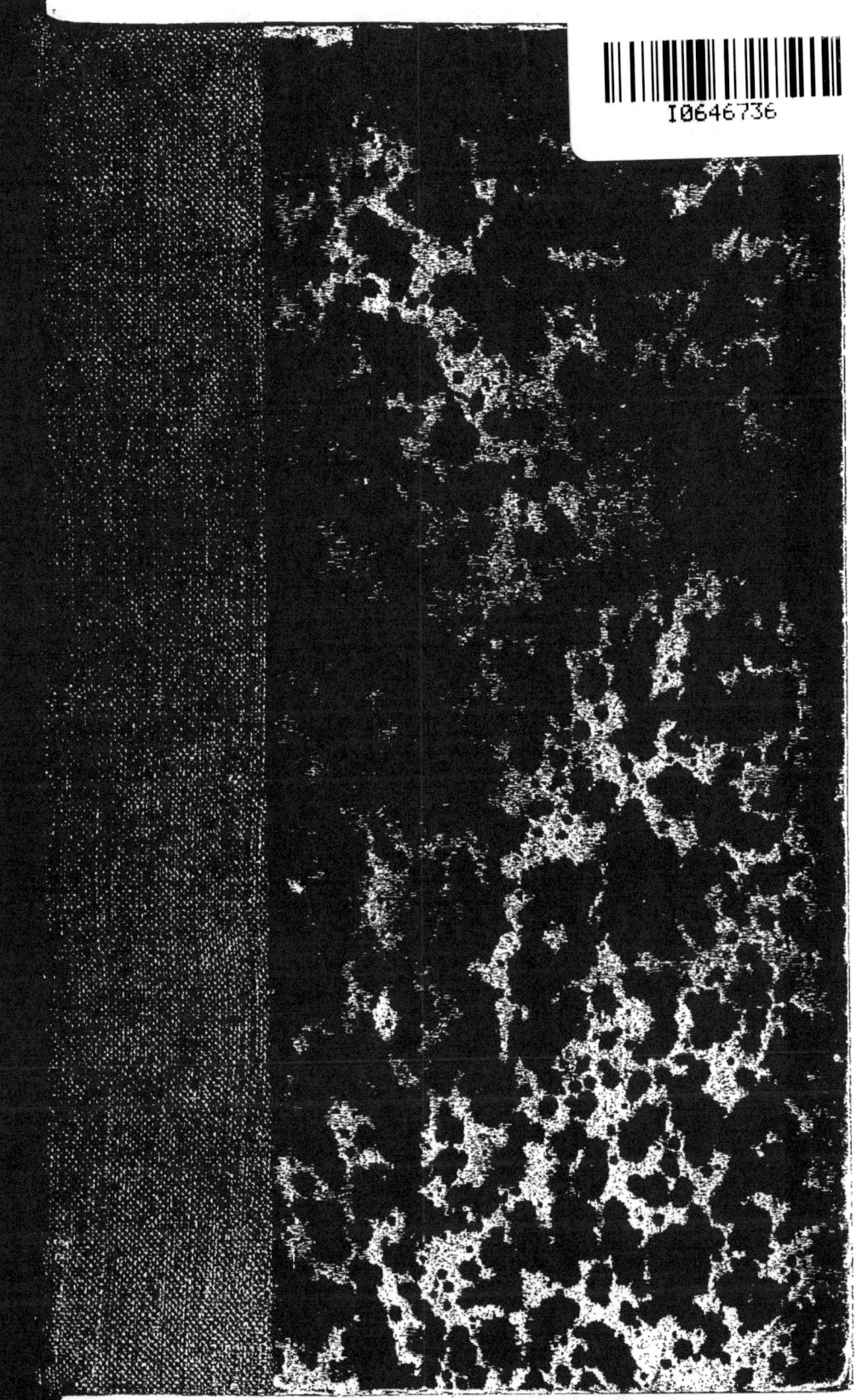

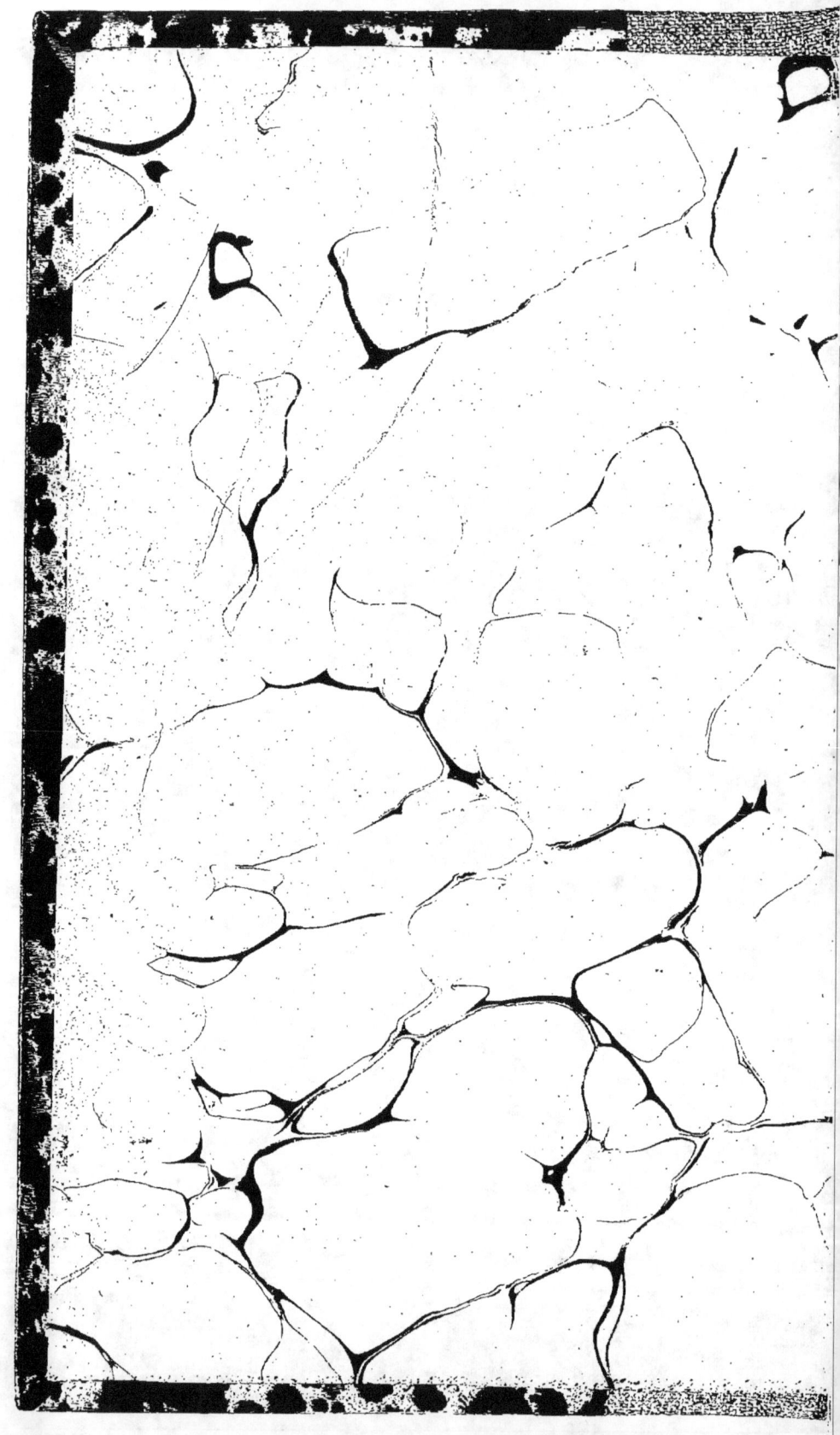

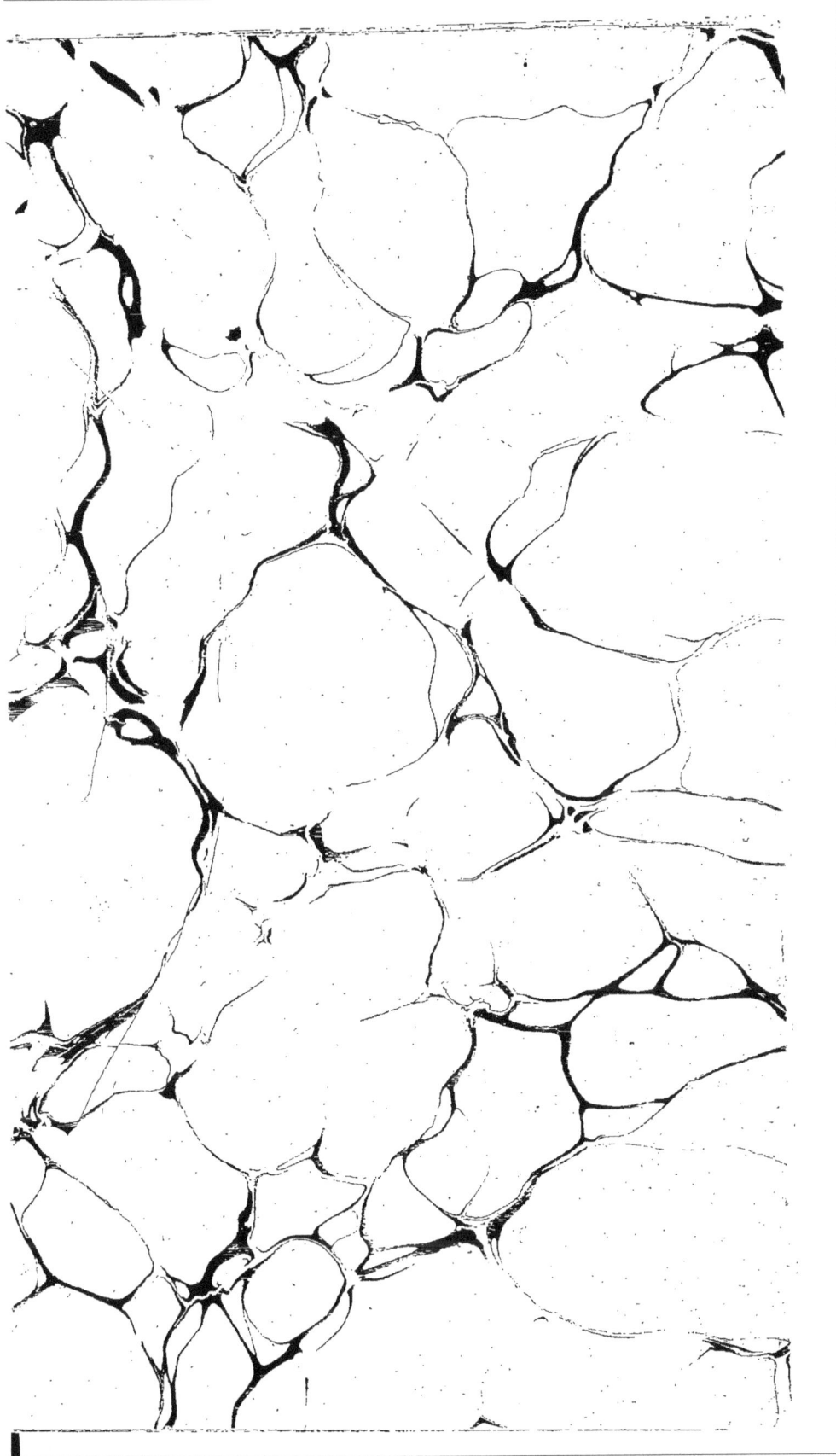

RENÉ MAIZEROY

SOUVENIRS

D'UN

Saint-Cyrien

PARIS
VICTOR HAVARD, ÉDITEUR
175, BOULEVARD SAINT-GERMAIN, 175

1880

SOUVENIRS

D'UN

SAINT-CYRIEN

PARIS — IMPRIMERIE MOTTEROZ

Rue du Four, 54 bis.

Croquis de Détaille

RENÉ MAIZEROY

SOUVENIRS

D'UN

SAINT-CYRIEN

PARIS

VICTOR HAVARD, ÉDITEUR

175, BOULEVARD SAINT – GERMAIN, 175

1880

Tous droits de traduction et de reproduction réservés.

AUX SAINT-CYRIENS

A CEUX QUI LE FURENT

A CEUX QUI LE SONT

A CEUX QUI LE SERONT

CE LIVRE EST DÉDIÉ

R. M.

Juin 1880.

LETTRE-PRÉFACE

A MON AMI, MARCEL PALAT

Sous-lieutenant au 3e spahis

Te rappelles-tu les premières lettres qui m'arrivaient de là-bas, toutes brûlées d'enthousiasme, toutes vibrantes d'une robuste chanson de jeunesse, avec des tiédeurs allanguies de soleil restées dans l'enveloppe fermée, et je ne sais quelles odeurs molles et grisantes de floraisons inconnues et . de poussières balayées par le vent?

Chaque fois, elles me donnaient l'impression de ces envolées sonores d'oiseaux qui reviennent à tire-d'aile par-dessus les vagues bleues de la mer, les branchages des bois, l'immensité muette des champs vers les clochers et les toits inoubliés...

Un souffle endiablé palpitait entre les lignes noires, tandis que tu me dépeignais les splendeurs d'apothéose du décor orien- tal; la belle lumière éclatante et crue qui s'épand, — à pointe d'aube, — à travers le ciel; les maisons mauresques avec leurs terrasses lourdes, leurs jardins intérieurs au fond desquels des jets d'eau pleurent sur des vasques de marbre; les minarets blancs jaillissant d'entre les palmiers, où sonne l'appel monotone des muezzins à l'heure assoupissante et dorée du crépuscule...

Tu retrouvais tes rêves plastiques d'au- trefois, tes beaux rêves de croyant païen, au milieu des Kabyles drapant gravement leur gueuserie sous des guenipes qui tombent en plis droits comme des draperies de sta- tues antiques. Tu me contais tes lentes flâneries vers les tentes rayées des douars; tes chevauchées dans la mer d'alfa où les herbes vertes ondulent avec les remous mys-

térieux des océans insondés ; les diffas au couscous et au tadjin dans lesquelles on sert des moutons entiers embrochés à des bâtons, où l'on mange avec ses doigts, assis sur des tapis splendides et jetant les os à de grands lévriers farouches ; les danses énervantes que rythment le cliquetage des castagnettes métalliques et des derboukas.

On était heureux de vivre là, en plein air, en pleine liberté, d'avoir vingt ans, de marcher extasié dans le rêve de Ruy Blas, au milieu de cette nature amoureuse, auprès de ces femmes mystiquement voilées, aux larges yeux cerclés de khol, à la démarche traînarde et féline qui fait songer au vers de Baudelaire :

Même quand elle marche, on croirait qu'elle danse...

L'affolement divin des illusions te chantait son aubade et tu avais tout oublié, tout, — même Paris, même le cher boulevard qui est notre ruisseau de la rue du Bac, même le passé attristant et morose dont nous sortions meurtris encore aux quatre membres, les souffrances, le spleen ancien, l'ennui d'être, les angoisses qui avaient marqué notre front de rides précoces et emporté nos croyances de la première heure au pays des vieilles lunes...

Tu avais oublié ces deux ans d'école où nous avions ramé ensemble sur la même galère, et Dieu sait si ton insoucieuse gaieté me faisait envie à moi, pauvre diable resté en route et condamné à traînailler mes trois cent soixante-cinq jours à la façon des mollusques dans le plus trou des trous de province.

Oh! cette stupide vie de garnison, n'est-ce pas notre boulet de forçat à nous autres, les vibrants, les chercheurs d'inconnu qui avions rêvé comme Molènes « la Folie de l'Épée », qui comprenions le soldat jouant sa peau au petit bonheur, de bataille en bataille, avec l'inoubliable vision de la Mort passant devant ses regards calmes?

Cette vie absurde, mécanique, réglée de

*bêtes domestiques, où l'on compte les heures
en écoutant commander :* Colonne de compagnie, *où l'on avale des tirades politiques
et des calembours à la pension, où l'on
mélange des perroquets du matin au soir
et où on achève de s'abrutir — la nuit —
devant un jeu de cartes qui semble plus
sale à la clarté douteuse et maigre des
quinquets d'un cercle...*

*Et rien pour chasser les idées endeuil-
lantes; — les jours où l'on vendrait volontiers sa vie pour deux sous de tabac. Rien,
si ce n'est les maisons lépreuses et banales,
qui cachent honteusement leur gros numéro
au fond d'un faubourg, et le beuglant où
des cabotines piaillent le* Beau Nicolas *et
des romances odieusement sentimentales
près d'une épinette désaccordée depuis feu
Spontini.*

Voilà tout.

*D'abord on rit, — on rit de tout comme
Figaro, pour ne pas avoir le temps de
pleurer. On raillerait les mannequins qui*

grelottent lamentablement dans les vergers
défeuillés. Mais ce rire sonne faux comme
un grelot fêlé. Il est aigri et troublé par
les amères rancœurs du départ, par les
regrets cuisants de ce qu'on a laissé derrière soi...

On rit de son ordonnance aux mains
gourdes, aux réflexions cocasses, qui brosse
nos tuniques neuves avec une brosse à cheveux, boit notre eau-de-vie et se couche sur
notre lit pendant que nous sommes à l'exercice.

On rit de son colonel, de son capitaine,
de son lieutenant, des camaros chevronnés
qui bedonnent et commentent à table la
Lanterne de Boquillon.

On rit de soi-même, des mille bévues
commises à tous les coins de la caserne...

Les quatre premiers jours, la ville semble
curieuse à observer avec ses ruelles étroites,
où les pavés sont frangés d'herbes, où les
toits en auvent se touchent, où les boutiques
sont closes et le gaz éteint dès neuf heures.

Le cinquième, on bâille désespérément devant la pendule en simili-bronze qui décore la cheminée de la chambre garnie. Le sixième, on cherche, on quête n'importe quelle consolation...

Hélas! la principale, la meilleure, l'amour doit être rayé du programme. Il n'est plus possible de rêver la bien-aimée qui fait oublier à ses lèvres roses le présent, le passé et l'avenir, qui vous dit d'une voix très douce des paroles inoubliables plus tendres que des vers de Ronsard, qui vous fait de ses deux bras une guirlande enivrante dont on ne voudrait jamais se désenlacer.

Aujourd'hui, on couronne partout des rosières.

Mimi Pinson est morte et enterrée. L'avant-dernière grisette a été mise dans ses meubles par un notaire. L'autre pose les Alsaciennes dans une brasserie du quartier latin. Les cabotines sont grand'mères. Madame Bovary se sanctifie dans les bonnes œuvres, faute de fiacres et d'hôtels meublés...

Alors, — un soir pluvieux, — ne sachant plus que devenir, devant l'abrutissement qui vous gagne et vous bêtifie insensiblement, on allume sa pipe, on prend une belle feuille toute blanche, et si d'aventure l'on est poète, on la noircit de rimes opulentes; si on ne l'est pas, on écrit tout bêtement ce qu'on a vécu déjà d'heures bonnes et mauvaises.

Et le temps passe bienheureusement, comme si les vieux amis très chers étaient rangés et blaguaient autour de notre fauteuil, comme si l'on revenait sur ses pas avec des stations très longues aux coins où l'on fut heureux, où l'on égréna le rosaire d'amour...

C'est ainsi, mon cher ami, que les Souvenirs d'un Saint-Cyrien *sont venus au monde.*

J'ai voulu revivre le passé, les douleurs partagées qui nous attachèrent l'un à l'autre. J'ai regardé à nouveau le plumet rouge et blanc, — le beau plumet des jours de sortie, — qui pend décoloré et usé entre les épées de ma panoplie.

Et toutes les impressions de nos deux ans de Saint-Cyr, tout le roman des vacances me sont revenus pêle-mêle, pareils à des ramiers familiers qui retournent au colombier...

Aujourd'hui, le livre est fini. Je te l'envoie.

Puisses-tu, en feuilletant les pages, retrouver quelque chapitre qui te rappellera, — ne fut-ce qu'un instant, — notre amitié trop promptement désunie, les châteaux en Espagne bâtis dans la cour Wagram et sous les ombrages parfumés du petit bois, les heures mornes passées à la salle de police et les paresseuses sommeillées de l'infirmerie.

Puissent aussi les camarades qui me liront revoir comme un rêve fugitif le vieux Bahut d'hier, le vieux Bahut où l'on a enduré tant de misères, mais qui reste cependant gravé profondément dans la mémoire, le vieux Bahut où les melons ron- flent à cette heure dans le large silence des vastes dortoirs endormis...

Et là-dessus, bonsoir! J'ai là notre vieux maître Montaigne, et comme l'a dit, je ne sais plus où, le pauvre grand Théo :

Le temps jusqu'à l'heure où s'achève
Sur l'oreiller l'idée en rêve,
Me sera court.

RENÉ MAIZEROY

Juin 1880.

SOUVENIRS

D'UN SAINT-CYRIEN

LA LISTE D'ADMISSION

Il me semble que je n'oublierai jamais cette date de la dix-huitième année où je vis mon nom imprimé sur la liste d'admission de Saint-Cyr.

Le 15 octobre. — Nous étions à la campagne, dans les landes de Valmesan. Je revois, comme le décor d'un lever de rideau qu'on a joué et rejoué plus de cent fois, le salon tendu d'une perse verdâtre sur laquelle planaient en des paysages fabuleux des vols roses d'ibis.

Les cartes du besigue coutumier s'étalaient

par paquets sur la table verte, à la clarté
falote des bougies, qui palpitait sous les abat-
jour ramagés de rébus. Mais, ce soir-là, la
partie traînaillait, interrompue par de grands
silences anxieux. Le capitaine Capdebiel, un
vieil ami de la maison, et la grand'mère
s'absorbaient seuls dans leur jeu. Mon père
n'avait pas pu attendre le facteur. Il s'était
sauvé après le dîner, par les raccourcis de la
route, pour apprendre le premier la bonne
ou la mauvaise nouvelle.

J'étais accoudé sur les balustres de la
fenêtre, tapotant au travers des carreaux je
ne sais quelle tambourinade inquiète. Par-
dessus son roman anglais, la petite cousine
Madeleine me regardait à la dérobée et de
légers frissons frôlaient sa chair très rose.
Tout cela me revient comme d'hier.

Le soleil était couché. Les Pyrénées ondu-
laient dans une nappe de cuivre fondu,
pleine de rayonnements affaiblis. Rayée de
larges bandes laiteuses qui reluisaient, la
lande avait des profondeurs infinies. On eût

dit d'une coulée fauve de rivière débordée, dont les houles se mêlaient, au loin, au bleuissement du crépuscule. Des corneilles passaient à tire-d'aile, étendant une tache noirâtre sur les gris violacés du ciel où pointait la pâleur des premières étoiles. Une charrette, remplie de fougères, cahotait sur le cailloutis du chemin, laissant derrière elle un sillage d'odeurs fermentées. Un maigre paysan, en béret bleu, piquait les bœufs à l'échine embousée, et, rythmée par le grincement aigre des roues, sa voix fausse clamait une chanson patoise. Je l'entends encore.

> Sur le pont de Lourdo
> Y a un aousérou ;
> Touto la neyt canto
> Canto pas pér you.

> S'eu canto, qu'en cante
> Sens' pensa à you,
> Cante per may mie
> Qu'és aouprés dé you.

Je commençais à ne plus penser à rien, bercé par la somnolence des choses et par cet air rustique dont la monotonie lente avait une sorte de tristesse. Sept heures et demie sonnaient à la pendule...

« Quarante de mariage! » disait la grand'-mère, de sa voix un peu cassée.

« Vous n'avez pas pris votre carte, ma-dame Verchère, » ajoutait le capitaine, en se tournant vers ma mère qui, les mains retombantes, fixait ses yeux dans le vide et songeait.

J'aperçus alors, au bout de l'allée des platanes, mon père qui revenait à larges enjambées, tout suant, les joues pourpres, le gilet ouvert, le *Journal officiel* dans sa main droite. En marchant, il sifflotait la *Casquette du père Bugeaud.*

« Papa! Voilà papa! » criai-je en dégrin-golant les marches de l'escalier.

Chacun se précipita derrière moi. Nous l'entourions dans le jardin. Les questions s'entre-croisaient pareilles, sans suite.

« Eh! nom de bleu! je n'en sais pas plus que vous! cria-t-il impétueusement. Voulez-vous me laisser lire la liste ? »

Et, dépliant le journal, il articula, depuis le numéro 1, les noms qui composaient la liste d'admission à Saint-Cyr. Il s'arrêta au cent dixième. Puis, souriant sous sa moustache grise, plus lentement il prononça :

« 110, Morlac de Chamilly; — 111, De Champdoré; — 112, Verchère (André-Maxime-Georges). .

— André! André! Il est reçu! »

Mon nom courait sur les lèvres avec des effusions de joie débordantes. Mon père avait ouvert ses bras d'un grand geste simple et large, et longtemps il m'étreignit sans une parole. Ma mère pleurait. Par toute la maison chantait comme un *Alleluia* de béatitude sereine, et quand on remonta au salon, dans l'auréolement jaune des lumières, je crus lire de bons sourires jusque sur les lèvres scellées des vieux portraits qui se renfrognaient au fond de leurs cadres ternis. Mon père avait entraîné le capitaine Capdebiel dans un coin, et, ayant pris l'*Annuaire*

1.

sur une table, il compta les promotions de sous-lieutenants.

« Ces jeunes gens! s'écria-t-il. Ils ont vraiment une étoile dans leur sac. De notre temps, les choses n'allaient pas si vite... Pas vrai ?... Vingt-cinq campagnes. Trois citations. Deux blessures. Et dire que j'ai mis onze ans à passer lieutenant. Mais, André, c'est certain, passera dans quatre ans.

— Dans quatre ans!

— Ni plus ni moins! Et je vous le prouve, Capdebiel...

La cousine et moi, nous nous étions sauvés au fond du jardin, — tout au fond, — dans les charmilles, sur un banc de bois qu'on avait dressé devant une vieille Pomone verdie par les averses. La nuit était très claire, brodée de constellations qui blanchissaient l'herbe roussie des pelouses. Il sonnait comme une chanson d'adieu dans l'encensement léger qui s'évaporait des feuillages mourants.

Elle m'avait pris doucement les mains.

« Tu nous écriras souvent, dit-elle tout bas. Très souvent, tu promets?

— Parole d'honneur, cousine! »

Je donnais déjà ma parole d'honneur. Un vrai soldat!

« Es-tu heureux! continua-t-elle. Tu vas voir Paris. Tu auras un uniforme. Monsieur va m'oublier, c'est sûr?

— T'oublier! Tu sais trop que c'est impossible! »

Et nous nous promenâmes, longeant les allées, échangeant je ne sais quels serments, causant, — avec des gaietés folles de gamins échappés, — de l'avenir qui s'ouvrait devant mes pas. Elle cueillait les dernières roses, des roses remontantes, et dans l'ombre limpide nos baisers se prolongèrent plus tendrement. Un chapitre de *Paul et Virginie.* Que c'est loin!...

Les illusions blanches des primes amourettes et les rêves que je fis sur mon oreiller, cette nuit-là...

Toutes les gloires classiques dansaient une

sarabande dans mon cerveau malade. J'étais
Marceau avec ses longs cheveux bouclés, son
dolman chamarré de broderies. J'avais un
sabre recourbé, des panaches flamboyants
qui jetaient des éclairs. J'étais Bonaparte courant au pont d'Arcole avec son drapeau qui
se déployait altièrement dans la fumée. Les
tambours battaient. Les bombes éclataient.
Et toute cette musique de guerre vibra dans
mes oreilles jusqu'au matin où nous prîmes
le train pour Saint-Cyr, mon père et moi.

LE DÉPART

Ce jour-là, petits et grands se levèrent à pointe d'aube.

Depuis la veille, le logis paraissait endeuillé. Le dîner avait été mornement silencieux. Chacun se sentait l'âme envahie par je ne sais quelle tristesse, par une angoisse semblable à celle que l'on éprouve aux heures cruelles des séparations qui vous désenlacent à jamais.....

Sous la table les talons de Madeleine battaient machinalement un rappel fiévreux. Et de temps en temps, ma mère se cachait le visage dans sa serviette pour étouffer un sanglot désolé.

Pauvre mère! Ses yeux étaient marqués
de fibrilles rouges, et de larges cernures les
cerclaient de bistre. Combien elle avait dû
pleurer — la nuit — torturée par l'insomnie
et par cette pensée qu'elle ne reverrait plus
le lendemain, qu'elle n'embrasserait plus à
son réveil le fils dont elle ne s'était jamais
séparée encore.....

Mon père se taisait, lui aussi, ayant peur
de pleurer comme les autres et me jetait à la
dérobée de longs regards passionnément
doux qui me caressaient ainsi qu'un baiser.

Au dessert, il avait rempli tous les petits
verres de vieux vin, comme aux jours de fête,
puis levant le sien :

— Il reviendra bien, nom de nom de
bleu! s'était-il écrié d'une voix rauque que
troublait une émotion poignante. Et ce n'est
pas la peine, mes enfants, de se rougir ainsi
les yeux pour quelques mois d'absence... A
ton retour, André! et à ta première épaulette!...

Tout le monde avait trinqué, mais sur

toutes les lèvres, sur toutes les choses fami-
lières, sur tous les êtres, depuis le chat de
grand-mère, frileusement blotti devant la
cheminée, et qui élargissait ses yeux stupé-
fiés, jusqu'aux chardonnerets qui frissonnaient dans leurs cages, on sentait planer la
lourde attristance des adieux.....

La voiture ne partit qu'à la dernière minute.

Ma mère avait voulu faire elle-même et
fermer ma maigre valise d'écolier.

Personne n'était resté dans la maison
vide, pas même grand-mère, pas même les
domestiques, et la vieille jument poussive
sua désespérément jusqu'à la gare, éreintée
par cette voiturée si inaccoutumée.....

Quel départ! Les oreilles m'en tinteront
longtemps.

Les embrassades n'en finissaient plus —
des embrassades mouillées de larmes tièdes.
Et plus que les autres, ma mère m'étreignit
sur sa poitrine, me couvrit le visage de baisers affolés....

— Assez, assez! bougonna enfin papa d'un ton rude, vous vous embrasserez au 1er janvier. Toi, melon, par le flanc droit, droite!...

Nous nous dîmes une dernière fois adieu par la portière. Madeleine agita son mouchoir tant que le train n'eut pas disparu à l'horizon. Mais, à la seconde station, je ne pensais plus qu'à une chose, — à l'arrivée, — et j'aurais voulu faire voir au monde entier le billet militaire arboré au ruban de mon chapeau comme une fière cocarde.....

SAINT-CYR-L'ÉCOLE

Dans les paysages lépreux de la banlieue, il n'est pas un pan de mur des fabriques, des bicoques en carton et des gares de ceinture où de gigantesques lettres n'étalent en peinturlurages violents les réclames du *Petit Journal,* de *Pierre Petit* et de la *Belle Jardinière.*

A Saint-Cyr, toutes les enseignes des boutiques, toutes les clôtures sont couronnées par le même titre, invariable : « FOURNISSEUR DE L'ÉCOLE. »

Il y a les repus qui ajoutent un mélancolique *ex* et les nouveaux dont le nom s'allonge avec des dimensions faméliques. On

sent que toutes ces industries se sont inscru-
tées comme des limaces aux flancs raidis de
la grande caserne monacale qui bouche
l'horizon de ses quatre ailes régulièrement
alignées. Elles vivent toutes de ce ven-
tre-là.

Les maisons du village sont pressées les
unes contre les autres de chaque côté de la
grand'route qui poudroie éternellement entre
des arbrisseaux grêles. Des jardins sont
plantés derrière et les bois de Satory couvrent de leurs ombres onduleuses les choux
et les carottes.

Vers la gauche, le décor s'élargit. C'est
la plaine du rû de Gally : on dirait d'un
coin plantureux du pays de Caux. Des
champs de blés qui n'en finissent plus, bar-
rés de lignes de pommiers, des fermes
blanches émergeant de bouquets d'arbres, et
au fond, les pentes boisées des collines de
Marly et de Roquencourt.

Une rue coupe la route à hauteur d'un
vieux corps de garde abandonné, où les

pauvresses viennent manger la gamelle de soupe qu'on leur distribue dans la journée. Au bout de la rue, caressé par les plis déchirés d'un drapeau qui flotte aux quatre vents, un portail monumental, au-dessus duquel, dans un bas-relief, un aigle s'essore, les ailes éployées, parmi des trophées d'armes.

C'est l'École.

La porte franchie, on suit une vieille allée de tilleuls trapus, contournés, qui s'entrelacent pour former une voûte feuillue. Il semble que ce soit un cloître bas, sans soleil, bâti devant le pavillon carré de la grande marquise. Un pavillon tout coquet, tout tapissé de jeunes verdures que dominent des urnes d'où jaillissent des flammes de marbre qui se courbent ardemment vers le palais de Versailles.

Un cercueil de porphyre dans la chapelle, quelques noms héraldiques de jeunes filles gravés dans les boiseries d'un grenier, voilà tout ce qui reste aujourd'hui de la Maintenon.

Où sont les représentations pompeuses où, devant une cour blasée, la blanche Mlle de Caylus déclamait le prologue d'*Esther?* les jours d'amour où la veuve de Scarron arrachait à Louis XIV, dans la griserie lente des baisers, la signature criminelle de la révocation de l'édit de Nantes?

« Présentez... armes! Une, deux, morbleu! »

L'ARRIVÉE

———

Avez-vous jamais suivi du regard les courses aventureuses d'un pauvre bouchon abandonné le long du ruisseau pendant une averse? L'avez-vous vu tourner, rouler, se heurter aux pavés sous les eaux limoneuses qui l'entraînent sans trêve, n'importe où? Il en est de même le premier jour de l'entrée à Saint-Cyr.

Le dernier baiser d'adieu échangé dans la cour d'honneur, la visite du docteur vous ayant classé dans la noble catégorie des lymphatico-sanguins, à travers des cours et des corridors interminables, on est conduit par un tambour raillard dans une grande salle blanchie à la chaux.

2.

Le plancher, les tables, les fenêtres, tout déborde de bottes, de linge, de schakos, d'uniformes. Des relents de cuir, de vêtements renfermés, s'évaporent de ce capharnaüm informe. Des officiers apparaissent de ci, de là, assis sur des chaises dépaillées, l'air maussade, parlant et jurant très haut.

Le premier acte de la comédie commence. Une répétition de Guignol. On n'entend que des exclamations brusques à droite, à gauche, devant, derrière : — « Par ici, les chemises! — Et celles-ci vous vont-elles? — Le numéro 12 à celui-là! — S'il fallait écouter tout le monde, on n'en finirait plus, jeune homme! »

Sans savoir, sans parler, on passe des mains du linger dans celles du tailleur, de celles du tailleur dans celles du bottier, du bottier au capitaine, du capitaine à l'adjudant.

Après une heure de ce singulier exercice, quand on a écouté tous les compliments amènes du capitaine qui, les trois quarts du temps, vous trouve mal bâti et l'air stupide ; quand les membres sont encastrés dans de la toile de carton, les pieds dans des bottes trop grandes ; qu'on est étriqué, gêné sous les effets neufs, le col noir qui remonte jusqu'aux oreilles, mais consolé par le bonheur d'être numéroté sur toutes les coutures ainsi qu'un ballot de marchandises, le tableau change.

La métamorphose n'était pas assez complète : l'adjudant vous livre au perruquier de l'endroit. Un bonhomme d'une drôlerie superbe, celui-là ! petit, avec des moustaches épaisses de garde municipal, jacassant sans cesse et qu'on surnomme le Capitaine Bulle. Et le voilà, avec son acolyte Zéphyrin, taillant sur nos crânes incultes à ciseaux que veux-tu, faisant des échelles qui eussent prolongé l'extase du patriarche Jacob.

Pauvres cheveux d'autrefois ! Où sont-ils ? Sur le plancher crasseux avec tous les rêves de la première joie.

Nous ne pouvons nous regarder les uns les autres sans éclater de rire après cette tondaison. Des nez prennent des reliefs mirifiques, des figures ressemblent à de grosses boules de cire rosâtres.

Si la cousine Madeleine voyait toutes ces marionnettes !

PREMIÈRES IMPRESSIONS

I

Traînant nos paquets cahin-caha, par les marches sales des escaliers, nous sommes montés sous les combles, dans le dortoir.

Le gouvernement nous loue ce cinquième pour deux ans.

C'est une longue salle aux plafonds bas comme ceux d'une soupente, aux murs blanchis à la chaux, sur lesquels les punaises écrasées ont imprimé des sillons roussâtres. Les lits alignés profilent leurs arêtes rigides. Des cases carrées, clouées au plâtre des cloisons, tracent des angles d'ombre sur la blancheur des traversins. Un bahut en bois noirci est placé au chevet. Au fond, dans le lavabo, un robinet qu'on n'a pas refermé s'égoutte monotonement, et son *pschitt* affaibli tintille comme une plainte d'agonie. Il me semble qu'on va enterrer quelqu'un dans cette salle froide, silencieuse, qu'un ciel gris de fin d'octobre éclaire à peine de quelques lueurs vagues. Les lits ont des reliefs géométriques de cercueil.

On dirait que sur le bahut sombre vont s'étaler le goupillon d'eau bénite et les cierges qui grésillent au milieu des litanies sangloteuses.

Alors, tandis que mon voisin de lit plie lentement ses effets dans la case avec une méthode savante, je regarde par la fenêtre pour chasser au diable le vol des idées noires. Dans les buées qui floconnent déjà, les bois apparaissent comme barbouillés de plaques d'ocre jaune. Un train anhèle avec des sifflements aigus devant la gare du village; puis, il disparaît peu à peu dans le lointain entre les poteaux télégraphiques qui se cambrent sur les talus roussis comme des paillassons usés.

Et je pense à la maison de là-bas, à la bonne odeur de garbure qui s'évapore à cette heure par les lucarnes de la cuisine, à ma petite chambre chaude dont les volets doivent rester fermés si longtemps...

« Eh bien ! est-ce que vous attendez un larbin, par hasard, pour ranger votre case ? » grommelle brusquement derrière moi un vieux sergent à plusieurs brisques.

Adieu la rêverie !

Adieu tous les bons souvenirs !

J'entremêle mes tuniques, mes pantalons, mes bottes avec mon linge. Sans mon voisin j'y serais encore, et j'entends le sergent qui bougonne entre ses dents noires, en faisant sonner les *r*.

« Quel sacré Cosaque ! »

II

Hier, à l'étude du soir, j'ai ramassé dans un coin plein de poussière et de toiles d'araignées un calendrier de deux sous, sur lequel les jours ont été effacés un à un. Mais sur cette couche d'encre, que toutes les colères de l'exil et du spleen ont rayée de leurs âpres traits de plume, se détache le mot magique : « OFFICIER ».

Les huit lettres étroites allongent leurs jambages sur les colonnes des mois comme pour éclairer chacun des jours de la clarté infinie des espoirs.

Je ne vois plus ni les *camaros* serrés dans leurs uniformes neufs qui se regardent de banc à banc avec une curiosité moqueuse en se gaussant les uns des autres, ni toutes les théories à couverture bleue qui jonchent ma table, ni le tableau noir que la direction des études a déjà couvert d'un long programme de travaux.

Le calendrier retrouvé tinte dans ma cervelle. On dirait de la sonnerie lentement rythmée d'un balancier qui répète sourdement sans trêve :

« Novembre, décembre, janvier, février, mars, avril, mai, juin, juillet, août. »

Quand le nôtre sera-t-il, lui aussi, tout noir, avec de belles lettres blanches qui riront follement?

III

Les tambours roulent la diane avant l'aube. A cette heure nocturne, les becs de gaz presque éteints sous leurs cloches de verre, percent à peine l'obscurité où flottent les formes vagues des lits défaits.

Des rumeurs assourdies, des bâillements qui se prolongent, traînent d'un bout à l'autre du dortoir.

On ne se parle pas. Le demi-silence du sommeil étreint encore toutes ces ombres de bonshommes qui gigottent grotesquement

3

dans la clarté brouillarde, avec des déhanchements, des gestes d'une cocasserie
étrange.

Et les souliers dénoués, la veste à moitié
déboutonnée, dans des tenues de débraille-
ment, sans regarder devant soi, on descend
par grappes pressées jusqu'aux portes, ouvertes au large, de l'étude.

Là, en se frottant vainement les yeux, la
figure dans les mains, on se répète presque
à voix haute les passages de théorie qu'il
faudra réciter à son officier dans la journée.
Mais la langue s'empâte peu à peu, les paupières se closent comme sous une main
obstinée, et l'on retombe le nez écrasé sur
son livre, en ânonnant comme en classe
autrefois.

*La discipline... la discipline... faisant la
force principale des armées... des armées...
il importe... il importe que tout supérieur...
obtienne... obtienne de son... inférieur... inférieur...*

L'ASTIQUE

Connaissez-vous une spirituelle caricature de Draner, dans laquelle un saint-cyrien imberbe, un vrai *melon* (1), murmure mélancoliquement, en cirant ses bottes maculées de boue :

« Avoir cent mille livres de rentes, descendre des Croisades et cirer ses bottes ! Enfin, papa m'a dit : Noblesse oblige ! »

Remuez dans cette charge crayonnée d'après nature la vie tapageuse qui, à sept heures du matin, déborde de tous les recoins

---

(1) On surnomme ainsi les élèves de première année. Le nom vient, dit-on, de ce qu'ils entraient jadis à l'École le jour de la saint Mellon.

du dortoir ensommeillé et mort auparavant,
les jurements épiques, les questions rapides
qui partent comme des fusées à travers les
froissements des matelas qu'on retourne,
les couvercles des bahuts qui se choquent,
les heurts stridents des armes qu'une poussée
maladroite laisse retomber, les pipillements
des moineaux qui becquètent effrontément
les miettes de pain oubliées sur le rebord
des fenêtres, et les mains dans vos poches,
sans sortir de votre bon fauteuil, vous assis-
tez à l'*astique*.

L'*astique,* une scène très amusante de la
grande machine en plusieurs tableaux qui
se joue entre les quatre murs de l'École.

Drôle seulement pour ceux qui la regardent de loin !

Les fronts s'emperlent de larges gouttes
de sueur, malgré le froid de la matinée
pluvieuse.

Les larges vêtements de toile qu'on en-
dosse pour le travail sont arlequinés de
plaques de cirage, de taches huileuses. Et

chacun plie, replie, tire ses draps, brosse, crache, frotte, en couvant d'un regard découragé les matelas qui débordent de l'alignement avec des lassitudes molles, la poussière impalpable qui blanchit à nouveau le fourniment et le schako, et les bottes, les affreuses bottes, qui ne veulent pas reluire.

Derrière moi, le petit Champdoré qui, toute sa vie, a été externe à Fontanes, étale ses mains noircies avec un geste navré.

« Dis donc, Verchère, me crie-t-il. C'est çà leur bazar ? Nous sommes volés, vois-tu, je réclame mes monacos. On aurait dû coller ces petites réjouissances sur l'affiche. »

Et il ajoute comiquement, d'un accent traînard de gavroche :

« Cordon, s. v. p. ? Ms'ieu général... »

3.

PARIS EST LA !

Les causeries se prolongent de plus en plus à la courte récréation du soir.

Des groupes commencent à se former.

On se tutoie cordialement.

On se cherche des amis dans le tas des camarades, car les anciens vont arriver à la fin de la semaine.

Aussi ne parle-t-on que des brimades prochaines et de la véritable vie d'école dont cette rentrée claironne le premier chapitre.

Ceux qui se sont présentés plusieurs années de suite aux examens d'admission en content de toutes les couleurs à la cantonade, et la plupart qui ont toujours vécu au fond de leurs trous de province songent à la première sortie, aux premières heures où la clef des champs leur ouvrira la porte éblouissante de Paris.

Et leur imagination travaille, enfantant des noces pantagruéliques où rient très fort, en montrant leurs dents nacrées, de belles filles blondes dont la chair fleure l'odeur capiteuse des floraisons inconnues.

Ils en rêvassent sur leurs traversins, dans le silence triste des vastes dortoirs ensommeillés. Avant, ils n'avaient jamais connu que les vieilles rues étroites dont les toits en auvent se touchent, les cafés qui se ferment à onze heures, le mail ombragé de platanes où la musique militaire jouait les dimanches et le théâtricule où piaillaient l'hiver des cabotines faméliques. Maintenant la tentation inéluctable de cette terre promise furtivement entrevue quelques heures les tourmente, les poursuit, leur brûle le cœur et leur trouble la cervelle...

Ils voudraient se sauver, goûter seulement une fois au fruit défendu qu'ils n'ont de leur vie même effleuré du bout des lèvres.

Chaque soir, comme en un pèlerinage, ils s'arrêtent au milieu de la cour Wagram, et des mains ils se montrent, par-dessus les murs, la buée lumineuse qui monte au loin de la grande ville.

On dirait d'une aurore rougeâtre coulant parmi les constellations et, avec des inflexions recueillies, toutes vibrantes de l'espoir de contempler, une nuit, l'allumement immense de ces milliers de lumières, ceux de Quimper-Corentin et d'Avignon, ceux de Perpignan aussi, se disent à mi-voix :

« Paris est là ! »

Parfois, les camarades qui ont roulé sur l'asphalte toute leur jeunesse, viennent se mêler curieusement à ces groupes de désirants, qui restent immobiles, le nez en l'air et comme plongés dans une extase fervente. Et d'un ton gouailleur, ils entament de longs boniments sans queue ni tête et pareils à ceux des cicérones qui offrent leurs services et leurs guides Conty au seuil des musées.

Champdoré n'y manque jamais.

— Oui, les amis. Paris est là ! s'écrie-t-il avec un geste solennel.

Et si l'honorable société veut bien me prêter une demie heure d'attention, j'aurai le plaisir de vous guider du Trocadéro à la Bastille... La correspondance S. V. P., ceux qui en ont... Voici l'Opéra et le groupe Carpeaux... Baissez les yeux... Le boulevard... Voyez-vous le boulevard ?... Le Péters. Oh ! les délicieuses petites, très jolies, très jolies... Il n'y a que le premier pas qui coûte, et c'est très cher en cabinet particulier... Les Folies-Bergère. Un verger toléré par le gouvernement où l'on peut cueillir à pleines mains les pêches à quinze sous... Plus à droite, suivez-moi bien, Brébant..., un monument historique qui dégote Notre-Dame, puis..

Le tambour se charge tous les soirs de terminer l'énumération, et aux premiers roule-

ments, on se précipite pêle-mêle vers le dortoir; mais cependant, ce n'est qu'après avoir
jeté un suprême et mélancolique regard vers
l'horizon lointain que la grande ville incendie de clartés boréales.

LES ANCIENS ARRIVENT...

Il pleuvait depuis deux jours.

Des averses givreuses sous lesquelles gre-
lottaient maladivement les arbres rabougris
des cours. Le ciel était bas, semblable à un
couvercle d'étain barbouillé de suie. Les
nuages s'échevelaient longuement, comme
déchirés par les cheminées et les grands
toits d'ardoise qui, dans l'embrumement de
cette aube triste, semblaient se dérouler en
lignes infinies.

Et il y avait une heure que nous nous
morfondions sur deux rangs, les godillots
incrustés dans la boue, les mains niaisement
collées à la bande bleue de notre pantalon,

la peau violacée par les glaciales aiguilles de
la pluie qui nous fouettait à plein visage.

Une odeur de drap mouillé traînait entre
les files mathématiquement alignées. Nos
regards plongeaient fixement dans le rectangle d'ombre que la porte des anciens dé-
coupait en face de nous sur la façade gri-
sâtre du bâtiment.

Et, je ne sais pourquoi, je me rappelais
les ébahissements anxieux du premier por-
trait, l'enfant qui écarquille ses grands yeux
étonnés devant l'objectif béant, dressé au
bout de l'atelier vitré, et le photographe
relevant sa tête ébouriffée sous le drap de
serge verte pour répéter : « Attention ! Nous
allons commencer ! Regardez bien, m'sieu
Polichinelle va sortir de la petite boîte ! »

Aujourd'hui, qu'allait-il sortir de la petite
boîte ?

Dans la surexcitation fiévreuse de l'attente, les énervements de cette immobilité
prolongée qui raidissait tous les membres de
froid, il nous prenait des épouvantements

bêtes pour ce bataillon d'inconnus dont le rapport avait pompeusement annoncé le retour, en quelques phrases banales, émaillées de grands mots qui flonflonnaient. Et nous nous serrions coude à coude les uns les autres, sans articuler une parole, comme au moment grave d'une lutte.

Une sonnerie d'heure qui n'en finissait plus tinta dans l'horloge enrouée. Ce fut comme les trois coups de manche à balai que donne le régisseur.

Des hoquets de locomotive expirèrent au loin, perdus dans une confuse rumeur de foule, et aussitôt, dominant tous les bruits, répétée par tous les échos, une joyeuse aubade de batteries, qui se rapprochait peu à peu, courut d'un bout à l'autre de l'École. Et la musique stridente secouait les vitres, s'engouffrait dans la profondeur des corridors, emplissait les cours désertes comme si elle eût voulu jeter à la morne caserne cet appel résurrecteur qui, dans la *Belle au Bois dormant,* réveille tous les êtres et toutes les choses de leur torpeur éternelle.

Quelques instants après, le rectangle sombre s'éclairait et, tambour-major en tête, les anciens dévalaient par quatre, devant nous.

C'était une mêlée de caricatures, une page illustrée de la vie de bohème militaire : les demi-dieux d'hier descendant de l'Olympe pour clodocher dans *Orphée aux Enfers*, mais avec des masques impossibles, des déhanchements éreintés, des yeux encore gonflés de sommeil, des plumets blancs et rouges qui ressemblaient sous le ruissellement de l'averse à d'invraisemblables poulets noyés dans l'eau boueuse d'une mare, des pieds s'éclaboussant paresseusement à toutes les flaques rencontrées, et des sacs gris d'où le linge débordait en panais lassés.

Nous n'osions rire, et je sentais même en moi des rancœurs sourdes à voir s'envoler une de mes légendes les plus dorées.

J'aurais voulu fermer les yeux, ne pas écouter les clairons qui répétaient sans trêve la marche entraînante du premier bataillon de France.

On eût dit d'une moquerie stridente, — quelque chose comme l'accompagnement sardonique de la sérénade de *Don Giovanni*, — scandant les pas alourdis de tous ces fantoches.

Et j'entendis alors Champdoré qui fredonnait entre ses dents, sur un air de sa composition :

> C'était un beau spectacle à voir
> Pour un aveugle quand il fait noir,
> Que les anciens tirant la quille
> Loin des bonheurs de la famille !

BRIMADES D'AUTREFOIS

BRIMADES D'AUJOURD'HUI

I

Oh ! cette immence cour carrée où se pas-
sèrent toutes nos heures de liberté, — la
liberté entre quatre murs ! — Que de jurements, que de phrases bilieuses ses vieux
bancs de bois ont entendus impassiblement,
depuis soixante ans, avec le calme des choses
mortes !

Les colonnes de fonte du *zinguot* (un
hangar sous lequel on se réfugiait les jours
pluvieux), le mur chaud de l'usine à gaz où
l'on s'accote si béatement lorsque la bise
souffle et les dents claquent, les goguenots
avec leur enchevêtrement de poutres, leur

fenêtre immense et leurs petites portes numérotées, chaque coin, le coin du manège
surtout, chaque arbre, sont comme autant de
stations d'un chemin de croix tintamarresque
que bien souvent nous avons parcouru, en
songeant avidement à la Saint-Sylvestre.

Les brimades commencèrent au jour d'arrivée comme un feu de mousqueterie.

A la récréation de neuf heures, après la
séance d'amphithéâtre, les anciens s'étaient
éparpillés à travers la cour Wagram, ainsi
qu'un vol de moineaux abattu dans un champ
de blé.

Leur plus graisseux képi campé sur l'o-
reille, tirant la jambe, étalant railleusement
des fausses manches usées jusqu'à la corde,
boursouflées, plus sales qu'une palette mal
raclée, ils pêchaient au petit bonheur dans
les groupes inquiets des *melons*.

Les interpellations fusaient de partout.

« Par ici, m'sieu Bazar !... Venez donc
un peu qu'on vous reluque ?... Est-ce que
M'sieu a perdu ses jambes à la Bérésina ?

4.

Faudrait le dire au moins... Laisse donc
ce maigre-là, je le cafarde salement, tu
sais... »

Nous nous promenions bras dessus bras
dessous, Navailles et moi, au bout de la
cour, le long du mur de la carrière, nous
faisant tout petits. Et nous causions presque
à mi-voix.

« Figure-toi, Verchère, me disait flegma-
tiquement Navailles, de sa voix toujours
ennuyée, j'ai rêvé cette nuit que je dormais.

— Vous rêvez ! Ce doit être bien intéres-
sant, crièrent en même temps derrière nous
trois cavaliers qui fumaient des pipes respec-
tablement culottées.

— Racontez-nous donc ça ? fit l'un d'eux.

— Une histoire d'amour plutôt ; vos premières amours, par exemple, reprirent les
deux autres. Ce sera plus rigolo, tu ne vois
donc pas comme il a l'air chose. »

Les premières amours de Navailles racon-
tées par Navailles !

En dehors d'un vieil hôtel noir enfoncé

dans quelque noire rue à Rennes, le pauvre garçon n'avait jamais fait un pas sans entendre froufrouter près de lui le jupon de sa mère. Du soir au matin, un abbé s'était moulé dans son ombre. Puis deux ans de la rue des Postes, chez les bon Pères.

Ce fut mirifique.

Il leur bâtit, d'après n'importe quel roman *ad usum Delphini*, une berquinade en cinq points à faire rêver M. de Berquin lui-même. On l'interrompit aux premières phrases.

« Mais vous tétez encore, M'sieu! Dis donc Flessigny, à sa première sortie, on lui donnera un billet de confession pour la mère Philippe.

— A l'autre maintenant! Vous avez une tête de poète. Improvisez-nous un poème : *l'Influence des cathédrales sur les crustacés.*

— Non, ça date de Mathusalem, ton sujet; je demande les *Impressions d'un pou sur le crâne du général.*

— Figurez-vous un malheureux mourant

de faim au milieu d'un désert, et marchez.

— Et « la discipline faisant la force principale des armées », qu'est-ce que vous en faites ?

— Assez Flessigny! On vous attend, m'sieu Bazar ! »

Je commençais timidement mon histoire par le classique « Il était une fois », quand le tambour roula la fin de la récréation.

« La suite au prochain numéro, M'sieu. Ce soir, au deuxième arbre à gauche, en sortant du manège. »

Tout le monde remonta à l'étude, et dans le silence calme de la grande salle, que troublaient seuls le feuillettement des atlas et le pas cadencé de l'officier qui nous surveillait, chacun raconta alors sa petite aventure comme au lendemain d'une chaude affaire.

Il en était beaucoup de moins bien partagés que nous.

On avait saladé les képis et les godillots en un méli-mélo que les sorcières de Macbeth seules eussent pu digérer. Et de petits billets, griffonnés à la hâte sur des pages blanches arrachées aux cahiers, circulèrent de table à table pendant toute la durée de l'étude.

« N'auriez-vous pas, par aventure, le godillot numéro 2465. Le renvoyer à son légitime propriétaire, troisième banc de la 6ᵉ, s. v. p. » — « Récompense honnête à celui qui rapportera le calot 3118. »

Et sous les tables, les pieds des uns dansaient la gigue dans des souliers énormes qui ballottaient comme des bateaux mal calés, et ceux des autres, le talon à l'air, semblaient avoir de ces savates éculées que les portières font claquer le matin, de marche en marche, en balayant les escaliers.

II

Jusqu'à Noël, on dévide et on redévide l'interminable navette des brimades.

C'est une tradition ; une vieille histoire qui se ressasse et s'use de promotions en promotions, comme un Guignol du siècle dernier qui roulerait sa bosse éternellement de promenade en promenade, sans changer le thème de ses pitreries. Les pantins délavés par les gouttes de pluie qui s'élargissent entre les feuilles retombantes des arbres n'ont plus sur leurs oripeaux les fulgurantes couleurs qui éblouissaient le regard des enfants. Les têtes de buis semblent avoir été trempées dans une couche vague, graisseuse, où rien ne reluit; et, un beau jour d'été, le montreur, lassé de débiter son boniment, s'endort en pleine représentation, sa pratique dans la bouche, au grand ébahissement de tous les petits qui écoutaient immobiles sur leurs chaises, les yeux écarquillés, les mains jointes dans le geste adorable de la surprise.

Il en est ainsi des brimades. Rien ne va plus. La joyeuseté agonise.

Il leur fallait, à toutes ces grasses plaisanteries de caserne qui datent du premier Empire, les horizons perdus du vieux Bahut;

une école où l'on n'écoutait qu'une musique,
celle des fusils dont le métal vibre durant
l'exercice au tact vigoureux des mains ; « Portez... armes ! — Croisez... *ette!* » Des roulements de tambour ; les dortoirs animés et
puant comme une chambrée de régiment ;
les récréations continuant l'apprentissage des
conscrits imberbes qui, du jour au lendemain, pouvaient partir avec une épaulette
d'or pour Berlin ou pour Moscou...

En ce temps-là, par-delà les collines qui
font une ceinture verte à l'École, palpitaient
comme des appels sourds de canonnades
lointaines dont les échos venaient se briser
aux vitres des études pour rappeler aux tra-
vailleurs courbés sur leurs théories que la
Grande Armée rayait les royaumes anciens
de la carte d'Europe...

Les cervelles bouillonnaient. La camara-
derie devenait une sorte de domination hié-
rarchique et l'on éprouvait dans les entr'actes
du drame militaire je ne sais quels besoins
de s'esclaffer aux dépens des pauvres diables,

gauches et timides, qui ne savaient encore comment boutonner leur uniforme étroit.

C'étaient alors les gardes nocturnes que, sur le rebord d'une fenêtre, par n'importe quel temps, les *melons* montaient en chemise, schako sur la tête et sac au dos, avec tout le fourniment des parades ; les omelettes fantastiques qu'on faisait dans les dortoirs ensommeillés, les lits retournés sur les endormis qui se débattaient à travers l'avalanche des matelas ; la couverture dans laquelle on bernait les nouveaux promus à grand renfort de bras vigoureux, comme il est dit dans le roman de Cervantès au sujet de Sancho Pança. Et les repas problématiques parfois, les haricots obligatoires mangés à l'épinglette, les promenades militaires sur la route-aux-cochons ; l'assaut du plateau de Pratzen, le cours de Malgache...

La vie remuait dans toutes ces facéties qui assouplissaient peu à peu les âmes les plus farouches. On endurait tout sans rien dire la première année, en pensant qu'au bout de

quelques mois on aurait à son tour la béatitude d'entendre bégayer d'une voix émue, le
Pater classique : « *Ancien que j'adore!* » (1)

Les deux cents camaros se connaissaient,
se tutoyaient et plus tard, dans tous les
régiments où on était jeté par cette vie militaire qui vous roule vingt-cinq ans comme
une toupie de garnison en garnison, on était
certain de trouver à l'arrivée quelque main
amie cordialement tendue.

(1)   Ancien que j'adore,
        Toi dont j'implore
        La sérénité,
        Si parfois tu brimes
        Officier sublime,
        C'est qu'en vérité
        Je l'ai bien mérité.

        Qu'elle soit bénie
        L'ombre de ta main,
        Qu'on te glorifie
        Du soir au matin.
        Oh! daigne m'entendre
        Et daigne m'apprendre
        Le chemin sacré
        De l'ancienneté.
                (Prière du melon).

5

Pauvre vieux Bahut, on aurait dû lui faire un monument funéraire dans la chapelle à côté de celui de Mme de Maintenon et, chaque dimanche, le piquet de messe aurait présenté respectueusement les armes en passant devant l'urne de marbre noir.

Aujourd'hui, en effet, les choses sont bien changées, et je me demande si quelque jour on ne clouera pas, sur un poteau planté au milieu de la cour Wagram, une pancarte peinte en gros caractères : « DÉFENSE DE RIRE EN CE LIEU, SOUS PEINE DE SALLE DE POLICE. »

Dans mes souvenirs, je ne retrouve plus d'autre drôlerie que cette punition du vert à laquelle étaient condamnés ceux qui oubliaient un instant de se tutoyer. La voilà.

Vous preniez deux *melons*. On enluminait le nez du premier de jaune, comme un nez d'idole boudhique, et celui du second, de bleu. Puis les deux nez se frottaient, se frottaient sans trève, verdissant à mesure, esquissant des végétations sur leurs cartilages échauffés.

Voyez-vous le tableau d'ici, quand l'un des patients était plus long qu'une perche de houblonnière, et lorsque l'autre descendait en ligne droite du Petit Poucet? Les contorsions désespérées, les déhanchements de clowns en goguette! On eût dit d'une paire de mandarins pris de la danse de Saint-Guy en s'accolant suivant la guise du Céleste Empire...

C'est la seule farce un peu bouffonne à exhumer de mes paperasses jaunies.

Aussi, lorsqu'on voit, du matin au soir, les *bazofs* (1) affairés, sortant comme des pions militairement endimanchés de tous les angles ténébreux, la silhouette chafouine du directeur des études qui fouille les cartons et cherche son estampille réglementaire sur la couverture de tous les livres, le général qui longe pensivement les corridors avec son agenda bourré de notes, instinctivement, comme si on était encore enfermé entre

(1) On surnomme ainsi les adjudants.

quatre murs de lycée, on évoque ses remem-
brances de *potacherie*.

Et l'on est de l'opinion de mon ami Martillac, — Martillac (Marius), de Carcassonne,
— qui me disait pendant une pause de l'exercice :

« Té ! tu peux me croire, à la première
sortie, je fais coller cette annonce au *Figaro:*
« Institution Saint-Cyr, dirigée par M. Poireau. Fondée en 1804. Cours variés, — Gymnastique, — Escrime. On prépare aussi au
grade d'officier. »

LES VENDEURS DU TEMPLE

Les fournisseurs de l'École qui meublent le village de leurs enseignes faméliques n'empêchent pas un tas de petites industries de vivoter tranquillement *intra muros*. C'est une galerie de Robert-Macaire honnêtes qu'un Daumier quelconque devrait portraiturer avant qu'ils disparaissent les uns après les autres.

On ne sait d'où ils sont sortis, ni même ce qu'ils vendent.

Perruquier, d'un côté, avec sa parfumerie de banlieue, ses drogues rancies, ses miroirs piquetés de chiures de mouches ; marchand de tabac, de l'autre, avec ses pipes Gambier

5.

sur lesquelles est gravé : « Bahut spécial »,
ses invraisemblables paquets de tabac et
mille *et cætera* dont on ne se douterait jamais au prime abord ; le concierge avec ses
genouillières qui craquent au premier exercice, ses bobines de fil rouge qui déteignent
dans les poches, ses bretelles et ses vieux
plumets retapés ; l'armurier avec son tripoli,
ses fioles d'huiles et le mirifique papier de
verre qui dérouille si bien les fusils et que
craintivement on cache dans sa fausse manche comme du fruit défendu en revenant de
la boutique ; et le marchand de *cornard* ac-
croupi derrière une façon de comptoir, qui
d'une main vend du chocolat et des sucres
d'orge et qui de l'autre vous tend sous la
table les derniers romans, *la Vie parisienne*
et des liqueurs vitrioleuses qui font songer
les moins naturalistes à l'Assommoir du père
Colombe. Et les infirmiers ! Et les balayeurs
des dortoirs !

Et les deux vieux garçons de salle, que nous
surnommions Mithridate et Coquardeau !

Ces deux-là fournissaient les calendriers, le papier à lettres, les plumes et les cahiers. Rien de plus.

On les voyait dévaler à l'étude du matin, portant une longue boîte carrée pleine de leurs articles de bureau. Chacun les tutoyait familièrement.

Mithridate sale, sentant la pipe à quinze pas, les cheveux trop longs, avait quelque chose de tragique dans sa face verdâtre comme celle d'un empoisonné : — la charge encrassée de Mounet-Sully !

Toujours tiré à quatre épingles, son menton rasé de frais étalant des tons bleu de prune au milieu des rougeurs épanouies du visage, un tablier très blanc noué à la taille, le petit père Coquardeau débitait des calembours, racontait ses souvenirs: un vrai feuilleton parlé qui faisait la nique gaminement à bien des gloires et déshabillait sans vergogne le passé des généraux qui avaient tapé sur son ventre rondelet, au temps jadis...

« Il y a bien longtemps de ça, Messieurs,

disait-il. Eh bien, vrai de vrai, au jour d'aujourd'hui encore, tous, vos Mac-Mahon, vos
Canrobert, est-ce que je sais, moi ? me sa-
luent toujours les premiers, dans la rue... »

Il nous promettait des lauriers tant qu'on
en désirait, détaillant l'avenir et oubliant
parfois dans la chaleur de son beau discours
de rendre la monnaie qu'on attendait, bouche close.

Lorsqu'il faisait l'article pour son papier
à lettres, ce papier écussonné de trophées
guerriers au milieu desquels pointe le nom
de Saint-Cyr, on eût dit, à l'entendre, que
c'était le « Sésame, ouvre-toi » de la légende
orientale, déliant par ses magiques influences
les cordons de la bourse paternelle, entr'ouvrant les portes les mieux fermées des belles
qui n'oublient pas toujours leur clef.

Tous ces vendeurs « honnêtes et prudes »
semblaient faire partie du mobilier de l'É-
cole comme l'horloge, le front polygonal de
Cormontaigne suspendu à l'amphithéâtre, et
la statue en plâtre du petit saint Cyr qui clo-

doche sur sa colonne dans la chapelle en face
d'un saint Jean ébahi, qui, de stupeur, en
perd sa traditionnelle peau de brebis...

Et ils s'engraissaient béatement, comme
dans une abbaye de Thélème dont ils eussent été les frères quêteurs : — ces gros fra-
ters qu'on voit dans les aquarelles de Vi-
bert, titubant de hue et de dia sur leurs
bourriquets gris pieusement chargés jusqu'aux oreilles de réjouissantes victuailles.

UNE LETTRE DE COUSINETTE

Huit degrés au-dessous de zéro!

Malgré les tièdes vapeurs qui ruissellent des bouches de chaleur, les vitres des fenêtres sont encore marbrées d'arborescences fabuleuses.

On n'entend rien que le grincement des plumes qui courent sur les cahiers, quelques chuchotements confus vers les bancs du fond, et par instants un froissement de souliers qui fait craquer le plancher...

L'officier sommeille dans la chaire, les yeux demi-clos, le front dans ses mains.

C'était hier dimanche, et le volume de Jomini posé devant lui est ouvert à la table...

Comme je vais être bien pour lire la lettre que le vaguemestre m'a distribuée en sortant de l'amphithéâtre !

Justement c'est une lettre de la chère cousine. Je reconnais sur l'enveloppe cette écriture maigriotte qui sent le couvent d'une lieue...

Pau, novembre 1875.

« Mon cousin, vous êtes un grand paresseux qui ne tient pas du tout, du tout, ses belles promesses. Quelques méchantes pattes de mouche, une fois par mois. Nous allons nous brouiller sérieusement, je vous le jure.

« Pour finir avec les sermons, je t'annonce notre retour à Pau.

« Les dernières chrysanthèmes étaient défleuries, même celles qui sont dans la grande urne, devant le perron, et qui duraient si longtemps, tu te souviens.

« Un matin, nous nous sommes réveillés dans la neige. Les toits d'ardoise, les arbres, la lande, tout était blanc. Tu ne t'imagines

pas quelle tristesse sortait de ce drap
funèbre qui n'en finissait plus...

« On a dépendu les rideaux, et les cartes
du besigue vont dormir dans leur tiroir jusqu'à l'année prochaine.

« Comme nouvelles, la couturière me
trousse une toilette pour mes débuts dans le
monde, que je t'annonce officiellement pour
le mois de décembre. Elle sera rose, mais
d'un rose passé, à peine rose comme les
paniers de ce pastel qui est au salon : la marquise qui tient une perruche verte sur son
petit doigt effilé et qui sourit si aimablement
du haut de son cadre...

« Je ris toute seule, car je pense au temps
où tu lui envoyais gravement des baisers et
où je te regardais par la porte entrebâillée.

« Si vous êtes là au premier bal, monsieur
l'amoureux des pastels, on laissera toute une
page blanche dans son carnet pour vous
inscrire. Ne manquez pas le train, surtout!

« Êtes-vous assez aimé ? Vos rarissimes
lettres arrivent toujours le soir.

« Si tu voyais cela !... Tout le monde court dans la chambre où ton père décachète l'enveloppe.

« La vieille Vivette en quitte ses casseroles, et sa figure tannée apparaît bientôt, tout heureuse.

« Ton père lit lentement, reprenant les phrases, comme s'il mangeait quelque chose de bon.

« Et il faut écouter les réflexions qui suivent la lecture de tous les gros mensonges que tu nous débites pour te faire plaindre.

« Écris-moi donc pourtant si tout cela est vrai, mon pauvre petit André, si on vous fait lever d'aussi bonne heure et manœuvrer malgré le froid...

« Ma maîtresse de piano fait des gammes chromatiques désespérées pour m'annoncer qu'elle attend mon bon plaisir depuis une demi-heure. C'est si bon de causer ensemble de loin, hélas !

« Je n'ai que le temps de glisser dans mon

papier tout un paquet de baisers et je ferme l'enveloppe pour qu'ils ne s'envolent pas.

« Il y a encore vingt-deux jours et demi avant les vacances du jour de l'an. Que c'est long !

« MADELEINE. »

N, i ni, c'est *fini !*

Je l'ai relue trois fois sans m'en apercevoir, ravivant toutes les sensations oubliées comme si j'avais été là-bas, devant le pastel de Latour dont j'ai été si follement amoureux, trois semaines durant.

Et tandis qu'au-dessous de l'étude, les bruyants chariots qui traînent les plats du dîner au réfectoire font leur vacarme accoutumé de midi, il me semble qu'entre les pages de ma théorie, je viens de retrouver une fleurette séchée depuis longtemps : une fleur d'églantier, de ces églantiers roses dont les pétales se rouvrent à

pointe d'aube tout trempés de larges gouttes de rosée, dans la haie pleine de nids
de rossignols qui barre le coin du jardin
où un pan de mur s'est effondré, — chez
nous...

MISE EN GARDE EN SEPT TEMPS

La salle d'armes est rectangulaire, barrée
d'une double colonnade qui forme une sorte
d'allée au bout de laquelle, perdu dans un
entassement de drapeaux tricolores, le buste
jovial du maréchal Canrobert sourit sur un
socle de bois peint. De larges fenêtres béantes sur la cour d'Austerlitz diffusent là-
dedans une lumière verdie par les massifs
de faux ébeniers qui les encadrent de leurs
fantasques feuillages. Les murs sont con-
stellés de masques et de fleurets s'écartant
les uns des autres avec la symétrie d'un
éventail ouvert. Les rais de soleil filtrant
paresseusement au travers des vitres accro-

chent aux lames d'acier des reflets mats qui papillotent.

Et de droite à gauche, entre des cartouches à devises, apparaissent en des cadres noirs les pancartes où sont gravés religieusement les meilleurs extraits de la bonne doctrine : — les leçons de Jean-Louis qu'approuvent un tas de paraphes noirs...

Quoique bacheliers, nous ne connaissions pas la philosophie de l'escrime. C'est un système nouveau d'enseignement que notre maître, l'adjudant Lepied, se charge de démontrer chaque année par un simple petit discours : une façon de prolégomènes précédant les principes de la mise en garde en sept temps.

Ce brave Lepied, avec sa veste de coutil galonnée aux manches de fantaisistes arabesques, ses sandales qui claquaient si fort sur les madriers sonores, et son nez radieux épaté largement comme celui d'une trogne rabelaisienne...

Je l'aperçois encore, les jarrets tendus, le

torse cambré comme aux grands assauts de la Faisanderie, faisant des gestes extravagants avec son fleuret fraîchement boutonné, lorsqu'il répétait de sa voix éraillée dont les cordes, une à une, s'étaient brisées aux murs vineux des cantines :

« N'oubliez pas les principes fondamentaux de l'escrime, les principes sans lesquels le plus malin ne sera jamais qu'un ferrailleur de quatre sous... Je recommence pour ceux qui auraient l'oreille dure... Le sentiment du fer; le coup d'œil; le départ du pied; le respect du sexe et la tradition dans le progrès... »

Puis, du même ton, traînaillant les syllabes finales comme s'il eût voulu ajouter une musique savante à ses explications, accentuant les *r* comme un vieux cabotin de beuglant, il commandait :

« Attention! Pour la mise en garde en sept temps! — En garde!... Une, deusse, troisse, quatre!... Ployez. ployez donc sur les jambes, le numéro 8 à gauche. — Cinq!

six! Dites donc, le grand, là, est-ce que vous sortez de l'armée du pape? Baissez donc votre cierge... Sept! »

Nos pieds heurtaient en même temps les planches.

Alors, suivi de ses prévôts, — tous, de grosses moustaches corses, avec un numéro du *Petit Caporal* sortant de leur poche, — le maître passait gravement devant les tireurs, relevant les poignets trop bas, dressant de ses deux mains énormes les torses déjetés, courbant les bras gauches raidis de lassitude.

Et, derrière lui, nous ébauchions gaminement quelque cancan burlesque en retenant d'une main nos pantalons d'astique trop larges qui glissaient le long des hanches...

AU MANÈGE

———

Les leçons d'équitation ont lieu le soir.

Les langues jaunes de quelques becs de gaz éclairent la monotone procession qui, durant trois quarts d'heure, tourne et retourne entre les quatre murs du manège, réglée par les claquements secs de la chambrière et les ordres ennuyés d'un *mar'chi*.

Au trot ! au galop, sacrebleu ! Les grandes rosses allongent le cou, reniflent bruyamment et leurs lourds sabots soulèvent des paquets de poussière dans le sable épais. Tous les pauvres cavaliers malgré eux, perchés tant bien que mal sur des selles plates sans étriers, arrondissent le dos, crispent les mollets contre les flancs épais du cheval, et, les pieds ouverts, les coudes en éventail, tirent désespérément sur les brides. Et derrière la chevauchée caricaturale dansent des ombres demesurées, massives, d'où s'enlève parfois l'effarement brusque d'un geste peureux et la courbure d'un torse avachi.

Avec ses murs nus, ses trous de ténèbres, ses énormes ferrures qui se croisent, s'entassent, pendent dans une ombre vague, comme une colossale charpente, à ces heureslà, le manège semble une grange profonde, abandonnée depuis longtemps, où des Zemganno errants se seraient réfugiés avec leurs pur-sang apocalyptiques, une nuit d'averses qui rendaient inhabitable l'auberge bleue de la belle étoile. On vient de dételer la carriole. Tandis que le fricot cuit au-dessus d'une flambée de branches vertes, commence la répétition du spectacle qui sera donné le lendemain avec la permission de **M.** le Maire. Sans leur toupet de filasse, sans leur

masque de plâtre, sérieux, glabres, blafards,
les clowns, montés sur les chevaux, pirouet-
tent, se disloquent en des contorsions ri-
sibles. Et les jurements rauques du directeur, le cinglement continu de son fouet,
réveillent le trot poussif des malheureuses
bêtes éreintées par les longues côtes de la
route.....

Que de camarades la suivaient d'un regard
inquiet cette longue chambrière qui sifflait
et claquait brutalement à travers le bruit assourdi et rythmique des sabots piétinant dans
le sable. Car, dès le premier clic-clac, leur
affaire était réglée.

Les rosses tourmentées lançaient aussitôt
ruades sur ruades. Et après s'être raccrochés
d'un main convulsée aux fontes de la selle et
à la crinière, les cavaliers, secoués comme
des pruniers en septembre, finissaient toujours par rouler à dix pas en des plon-
geons comiques qui soulevaient d'un bout à
l'autre de la reprise de moqueuses traînées
de rires.

L'accès de gaieté gagnait jusqu'aux bêtes elles-mêmes et joyeuses d'être libres, de sentir leurs brides pendues à leur cou, elles commençaient une course folle dans le manège, une galopade farouche d'étalons lâchés par les solitudes herbeuses, en plein air, en pleine liberté....

Les autres chevaux se mettaient de la partie. Le *march'i* hurlait, pestait, tempêtait. Les élèves tombaient comme des capucins de carte et se relevaient sales, poussiéreux, débraillés....

Cependant l'algarade était promptement calmée. On remontait à cheval sans trop rechigner et les bonnes vieilles rosses reprenaient tranquilles et essoufflées leur allure accoutumée, leur trot lassé qui s'arrêtait seulement à la fin de la leçon, lorsque le *march'i* criait vigoureusement : « *Les hommes !* »

Des cavaliers de remonte, en blouse blanche, accouraient par la barrière ouverte et emmenaient les chevaux éreintés à l'écurie.

Et réveillés en plein sommeil par le vacarme, les moineaux, nichés parmi les
encoignures du toit, pépiaient comme à
pointe d'aube et s'abattaient effrontément sur
le crottin doré éparpillé et fumant dans la
piste.

L'ASSAUT

DU PLATEAU DE PRATZEN

Aux étonnements des premières semaines, aux fatigues prolongées qui engourdissaient les plus forts dans une somnolence lassée, à l'existence machinale rythmée par le timbre sec des tambours qui nous poussait comme de petits pioupious en bois, du réfectoire à l'étude, du dortoir à l'amphithéâtre, succède peu à peu le réveil lent d'une métamorphose naturelle...

Nous recommençons à savoir rire. La jeunesse reprend ses droits et ceux qui ont été le plus échaudés par les brimades rumi-

nent déjà la danse de caractère qu'ils feront
sauter aux anciens à la Saint-Sylvestre : — la
seule date de l'an où les rôles hiérarchique-
ment imposés soient renversés.

Malgré les tartines indéfinies qui noircissaient les quatre pages du rapport, on a cé-
lébré comme toujours l'anniversaire d'Austerlitz, et le soleil manquait seul à la
représentation ; car c'est un machiniste grin-
cheux comme tous les vieux malades, qui a
depuis longtemps résilié avec notre administration théâtrale.

La fête commence la veille, dans les dortoirs, après le coucher.

Une vraie bataille épique que cet assaut
du plateau de Pratzen.

Les matelas sont entassés dans un coin en
un amoncellement informe qui monte jusqu'au plafond. Les ustensiles de campement,
bidons et gamelles, servent d'instruments à
l'orchestre. Les combattants en chemise sont
armés de traversins. Le heurt bruyant des
planches à *astique* imite le bruit de la canon-

nade : — une réduction Colas du tonnerre de Calchas, dans *la Belle Hélène*.

Et en avant la chaudronnerie ! Les becs de gaz sont éteints. La mêlée s'engage, les matelas roulent pêle-mêle, s'éventrant sur le plancher, le chahut grossissant de plus en plus dans l'obscurité épaisse...

Mais tout à coup l'adjudant de service apparaît sur le seuil de la porte entr'ouverte. Tous les combattants se précipitent aussitôt sur leurs lits, traînant sur le dos le premier matelas venu. Les lits se refont comme par enchantement, et l'on n'entend plus dans le silence lourd que des ronflements de chantre éclatant dans tous les coins...

Pendant ce temps, pareil à un chat famélique trottant sur les plombs d'une gouttière, le *bazof* court le long des lits, secouant de la phrase sacramentelle : « Prenez vos draps ! » les malheureux qui n'ont pas eu le temps de rapporter leur matelas.

Prendre ses draps, c'est prendre aussi le chemin de la salle de police où on va achever philosophiquement, dans une cellule étroite, la nuit si bien commencée au dortoir...

Martillac fut de la fournée.

N'ayant pu retrouver aucun matelas dans le tohu-bohu de l'alerte, il s'était vautré sous son châlit de fer et ne soufflait mot, pelotonné dans ses couvertures comme un lézard au fond de son trou. Ses longues quilles d'échassier le perdirent. Elles dépassaient l'alignement des lits et firent trébucher l'adjudant, au milieu de sa course rageuse.

« M'sieu Martillac, cria-t-il furieusement en le tirant par les pieds, prenez vos draps!

— C'est-y bête, ces blagues-là, quand on pionce ! » grogna Martillac.

Et il s'étira sur le plancher.

« Est-ce que vous vous moquez de moi ? Quatre jours de plus avec le motif; et du leste, n'est-ce pas ?

— Té, m'sieu l'adjudant Tournesol, fallait donc le dire... »

Et une farce désopilante commença alors entre le pot de fer et le pot de terre. Nos rires étouffés sous les couvertures lui servaient d'accompagnement.

Martillac s'était levé avec un flegme superbe et, jouant la stupeur, il se mit à chercher partout son matelas égaré, renversant son bahut, réveillant tous ses voisins, ouvrant la fenêtre par laquelle s'émiettait un pâle rayon lunaire.

« Et je comprends bien, pécaïré, gasconnait-il tout en se frappant le front, j'aurai encore été somnambule cette nuit. Zuzez donc ! Ce n'était pas la peine de me réveiller.. N'y a qu'à faire venir le docteur... Et je ne pourrai plus me rendormir à présent !... »

Et tandis que Tournesol, frappant le plancher du pied, doublait, triplait la punition d'une voix enrouée par la colère, il finit par s'habiller en bougonnant d'un ton doctoral :

« Qu'est-ce que c'est qu'ça en comparaison de l'éternité !... »

On eût rêvé une douzaine de mesures d'Hervé, le maëstro bouffon entre tous, pla-

quant leurs accords burlesques au passage
du cortège qui défila alors dans le dortoir...

Un réverbère rallumé falotant lividement,
les matelats oubliés moutonnant au fond
comme des décombres de démolitions, les
sept punis, roulés dans leurs draps ainsi que
des fantômes d'opérette, emboîtant le pas
du *bazof*, dont l'épée en verrou et la frégate
noire prenaient des reliefs méphistophéliques
et Martillac fermant la marche de ses immenses enjambées et psalmodiant d'un ton
funèbre :

*Pleurez et gémissez, mes fidèles compa-
gnes !*

Le lendemain, à l'amphithéâtre et aux
études, on n'entend qu'un froissement sec de
papier déchiré. On se croirait dans quelque
joyeux atelier de fleuristes où toutes les mains
s'emploient à préparer les accessoires car-
navalesques d'une descente de la Courtille.

Les cahiers de cours deviennent d'immenses
chapeaux à glands effrangés, des torches con-
vulsivement tire-bouchonnées, des guidons

maculés d'encre qui se brouillent en arabesques symboliques. Puis toute cette friperie
disparaît au fond des fausses manches, derrière les énormes atlas de la bibliothèque et
sous la chaire même où chaque jour les officiers viennent dogmativement s'endormir.
De longs programmes circulent : chacun reçoit son rôle, sa place dans la fête, comme
s'il se trouvait quelque part, derrière un portant, un régisseur méticuleux tapant de son
bâton et criant à tue-tête : « En place pour
le deuxième ! »

Et, à la tombée des étoiles, en descendant
les marches du réfectoire, les compagnies
viennent se masser en ordre compact, au
fond de la cour; car c'est la nuit d'Austerlitz,
la veillée d'armes de Décembre, que la paille
des bivacs incendia jadis de clartés boréales
lorsque les grenadiers voulurent nimber
d'une gloire d'or le front pensif du grand
empereur.

Alors les profondeurs de la cour Wagram
s'illuminent tout à coup. Des serpentements

de flammes lèchent les troncs moisis des tilleuls, Les torches se consument peu à peu,
jetant dans la foule des échappées rougeâtres
à travers lesquelles les casques de papier, les
drapeaux, les uniformes s'agrandissent fabu-
leusement.

Et, jusqu'au ra-ta-plan du tambour de
garde, pareilles aux farandoles provençales
qui se déroulent de chemin en chemin, de porte
en porte, sans jamais désunir leurs chaînes
enlaçantes, les deux promotions mêlées tournent autour des bûchers fumeux en une
ronde vertigineuse d'où s'envolent les rythmes de la vieille chanson saint-cyrienne :

> Noble galette que ton nom
> Soit immortel en notre histoire.
> Qu'il soit embelli par la gloire
> D'une brillante promotion !
> Et si dans l'avenir,
> Ton nom vient à paraître,
> On y joindra peut-être
> Notre grand souvenir.
> On dira qu'à Saint-Cyr,
> Où tu parus si belle,
> La promotion modèle
> Vient pour t'ensevelir.

Amis, il faut nous réunir
Autour de la galette sainte,
Et qu'à jamais dans cette enceinte
Elle vive en nos souvenirs.
Que son nom tout puissant,
S'il vient un jour d'alarmes,
A trois cents frères d'armes
Serve de ralliement.
Qu'au jour de la conquête,
A défaut d'étendards,
Nous ayons la galette
Pour fixer les regards.

Soit que le souffle du malheur
Sur notre avenir se déchaîne,
Soit que sur la plage africaine
Nous allions périr pour l'honneur,
Ou soit qu'un ciel plus pur
Reluise sur nos têtes,
Et que loin des conquêtes
Nos jours soient tous d'azur.
Oui tu seras encor,
O galette sacrée,
La mère vénérée
De l'épaulette d'or.

LA TENTATION

———

Trois lettres d'écornées déjà dans le traditionnel calendrier des *melons* : — les dix lettres noires qui écrivent « COUR WAGRAM » sur la grande façade grise dont les fenêtres regardent la cour avec une monotonie mélancoliquement attristante, qui est pareille au regard blanchâtre et perdu des yeux d'aveugle...

Mais plus les jours passent, plus ardentes aussi, plus inéluctables renaissent les aspirations vers le dehors. Le dehors, c'est Paris; Paris que, pour la plupart, nous avons à peine entrevu.

C'est la vision fugitive d'une grande ville

où l'on arrive éreinté entre deux étapes, avec
son billet de logement. Quelques rues, des
monuments aux contours agrandis par le
rêve, beaucoup de lumières, et un tumulte
profond qui bruisse encore aux oreilles,
comme le sanglot lointain des houles aux
replis d'une coquille marine.

Ces ressouvenirs épars et embrumés nous
rendent cet inconnu plus voluptueusement
désirable.

Et nos lettres ne sont pleines que de cela.
Il y a comme une lueur de feu de Bengale
qui danse perpétuellement devant nos yeux.
Plus les ennuis sont grands, plus le ciel est
gris, pluvieux, plus les punitions sont lourdes, plus nous nous roulons dans cette consolation enfantine et gourmande.

On dirait, à entendre nos paroles, nos
effusions enthousiastes, nos projets sans
suite, que l'avenir n'est après tout que la
porte de l'École s'ouvrant à deux battants
sur les boulevards ruisselants de vie, où les
cafés bourdonnent comme des ruches in-

quiètes, où les fiacres roulent avec un bruit
lassé sur l'asphalte, où sous les arbres malades les colonnes Morris sont bariolées par
les affiches de tons multicolores comme des
aquarelles japonaises, et où froufroutent les
traînées de soie des belles petites aux yeux
bêtes agrandis par le khol, aux talons cerclés de cuivre dont le toc-toc sonore semble
tambouriner un rappel nocturne...

PREMIÈRE SORTIE

PREMIERS JOURS DE CLOU

Première sortie, premiers jours de *clou!*

Les anciens nous l'avaient-ils assez serinée, cette phrase sacramentelle, en la ponctuant de sourires raillards, tandis que, notre belle permission blanche à la main, nos boutons astiqués et notre plumet neuf un peu incliné sur la visière du schako, nous attendions la sonnerie de la berloque, en piétinant nerveusement les pavés de la cour tout frangés d'herbes! Mais, ce matin de Noël, chacun se gaussait du lendemain que le fantôme énorme de Paris barrait de son ombre lumineuse. Et lorsque le train s'arrêta à la gare, bien des voix répondirent moqueusement comme un

8

défi à la dernière sermonnée qui nous était débitée sur le marchepied :

« La suite au prochain numéro ! »

Que nous étions heureux ! Comme nous nous roulions dans les folles griseries de cette liberté nouvelle qui nous entraînait vers l'inconnu, la tête haute, les yeux luisants, le corps grandi par une virilisation artificielle !

Je revois la rampe glissante de la gare Montparnasse, les fiacres pleins descendant d'un petit trot fatigué, les mains agitées par les portières, et dans cette rue de Rennes qui trace sa ligne droite à perte de vue, comme un blanc ruban de grande route, les pantalons rouges, les manteaux bleus jetant un ensemencement de couleurs vives parmi les passants affairés du matin, les ouvriers en bourgerons salis, les petits mitronnets, les filles en cheveux qui entrent dans les crémeries, et les employés encore ensommeillés qui lisent leur journal en marchant.

Et l'escapade ruminée depuis si longs jours, cette partie carrée dont nous avions

rêvé tant de fois dans notre lit étroit. Notre
entrée chez Noël, à cinq heures et demie, en
compagnie de deux dineuses maquillées que
Champdoré avait ramassées je ne sais plus
dans quelle boîte du quartier de l'Europe.

On eût dit des collégiens lâchés avec
quelques sous un jour de vacances.

La salle papillotait confusément devant
mes yeux. Tout dansait, les découpages
moresques des boiseries, les tables vides,
le comptoir et tous ces garçons blêmis,
glabres, empesés dans leur tablier blanc, qui
se poussaient du coude et se retournaient
pour rire entre eux.

Je ne savais où mettre mes deux mains.
J'éprouvais la sensation gênée d'un monsieur en omnibus qui croit avoir perdu son
porte-monnaie.

Quel dîner et quelle addition ! Champdoré
avait retrouvé son aplomb de gamin vicieux.
Il commandait très haut et marivaudait
sous la table.

Il avait trouvé surtout une blague qui

l'enchantait, et à mesure que les bouteilles
de champagne se décoiffaient de leur casque
d'argent, le madrigal revenait bredouillant,
salivé et bête, comme l'air monotone d'une
clarinette d'aveugle.

« Un vrai Greuze, répétait-il à ma voisine; je te dis, Nichette, que tu es un vrai
Greuze! Des cheveux comme ça, c'est
signé. »

A quoi la blonde enfant répondait sans
variantes :

— T'as pas fini de m'indigester avec ton
Greuze! »

Je me demande encore par quel miracle,
ce soir-là, nous sommes arrivés dans notre
wagon, Champdoré à moitié endormi et
moi, en pleine déraison, ressassant sans
trêve cette ritournelle du Greuze qui s'était
obstinément clouée dans mon cerveau
lassé.

De Paris à Saint-Cyr, à Bellevue, à Versailles, l'antienne ne changea point. Les
camarades avaient beau interrompre, en-

tonner chanson sur chanson, le « quel Greuze ? » soulignait les refrains de son lyrisme croissant.

Les soirs de sortie, avant de remonter au dortoir, il faut traverser la salle des jeux.

Une salle immense, éclairée de tous ses quinquets allumés où les gradés ramassent une à une les permissions.

Le colonel, appuyé contre un des billards, devant les officiers de service, regarde passer chaque élève, inspectant la tenue, bougonnant des punitions dans le tas.

Et parmi les massifs de la cour d'honneur, au moment d'entrer, les uns et les autres retapent leur toilette entre eux, brossant de la manche les dos blanchis, rafistolant les épaulettes aplaties, tirant les gants, serrant le ceinturon trop lâche.

Puis, il y a dix pas à faire dans la salle jusqu'à la seconde porte : dix pas pendant lesquels on se redresse, plus raidi que si l'on avait soudain avalé le légendaire parapluie de

Louis-Philippe, la main droite écartée s'appuyant à la visière du schako dans un salut militaire.

La fraîcheur du voyage avait dégrisé Champdoré. Malheureusement, on n'aurait pu en dire autant de moi!

Quelle mouche me piqua alors, je n'en sais rien ; mais, au lieu de suivre tranquillement la filée des autres, m'étant arrêté devant le colonel ébahi, je me mis à raconter d'un ton rauque de croque-mort en goguette toutes les gaudrioles de la soirée.

« Eh bien! vrai! On n'peut pas s'en faire une idée, mon colonel. Deux Greuzes... deux Greuzes d'un blond...! »

Vous voyez le tableau d'ici!

Les plus moroses s'esclaffaient : anciens, melons, capitaine, adjudant. Ce fut une contagion qui gagna le *colo* lui-même ; et, mordillant ses moustaches taillées en brosse, sans m'interrompre, m'ayant désigné du doigt à l'adjudant :

« Allez lui faire pendre ses Greuzes aux murs de l'*ours* », s'écria-t-il.

Le proverbe des anciens était donc parole d'Évangile :

« Première sortie, premiers jours de clou ! »

A L'OURS

I

Dans une de ces fêtes de banlieue qui flonflonnent jusqu'aux derniers soleils en se répondant joyeusement de Saint-Cloud à Montmorency, après avoir été coudoyé par tous les grouillements de foule qui clapotent devant les baraques; les yeux brûlés par la poussière lente qui monte comme une buée dans l'air; les oreilles encore pleines de la note éternelle des mirlitons, des boniments des pitres, de ce brouhaha où se mêlent le grincement des chevaux de bois, les assourdissants appels des cuivres, le froufrou des pas sur le sable et, de temps en temps, le grondement farouche d'un lion qui s'étire lassé dans quelque cage de ménagerie, vous est-il jamais arrivé de déserter le champ de foire, de vous sauver devant vous, n'importe où, vers les bois dont les ombres s'allongeaient à l'horizon comme pour vous appeler?

Et vous êtes-vous alors roulé dans l'herbe épaisse avec la jouissance énervée des grands bœufs lorsqu'ils rentrent à l'étable après une lourde journée de labour?

L'odeur mouillée du crépuscule s'évapore des couverts obscurs. Des oiseaux passent à tire-d'aile dans l'entrelacement des branches qui se détachent en hachures noires sur les rougeurs du ciel incendié où palpite encore l'agonie suprême du soleil. Les feuilles retombent immobiles. Il ne s'entend plus rien qu'une vague coulée de source qui dégouline d'une pierre verdie de mousse et le tumulte du bourg endimanché; perdu, affaibli, pareil au pleurement des vagues qui se briseraient sur des galets loin, très loin.

On voudrait rester toujours là, sur le dos,
attendre l'heure du sommeil en regardant
fleurir les constellations dans la lumière
décroissante des gris, dans cette solitude où
ne glapit pas l'accent grasseyé des voyous,
où l'on ne rencontre pas sur les buissons les
coquilles d'œufs rouges et les papiers graisseux laissés par les parties prudhommesques
des petits bourgeois qui passent les fortifications, les jours fériés.

Impression exquise d'accalmie qui vous
fait épeler une fois de plus le roman des
bons souvenirs, surtout des chers souvenirs
d'amour! Et l'on dirait qu'une voix fami-
lière, celle de l'adorée dont les bonjours
étaient si doux, psalmodie derrière une haie
le fabliau ému du Bonhomme :

> Deux pigeons s'aimaient d'amour tendre.
> L'un d'eux, s'ennuyant au logis,
> Fut assez fou pour entreprendre
> Un voyage en lointain pays.

Cette impression, je l'ai retrouvée pendant
ma première nuit de salle de police.

La chandelle était éteinte, la porte bien ver-
rouillée. Je ne voyais plus les quatre murs
mansardés, la lucarne grillée qui touche le plafond bas, la porte sans loquet, l'escabeau
et la table clouée au mur, tout cet ameuble-
ment qui semble avoir été déménagé de
Mazas.

Et sur le traversin, dans ce silence inaccoutumé qui berçait mon demi-sommeil, je
m'imaginais être revenu dans mon lit d'en-
fance aux longs rideaux jaunes, avec, devant
mes yeux, au-dessus de la glace, le cadre
doré où s'étale, mouchetée par l'humidité,
une vieille gravure de Lebrun qui représente
la famille de Darius aux pieds d'Alexandre.

Ce n'étaient plus le bourdonnement confus
du dortoir que le *baʒof* interrompt de sa
ronde nocturne, les brocards, les gros calembours lancés de compagnie à compagnie
comme les volants d'une raquette. Plus de
ronflements aussi, de cette musique mor-
phique parfois aiguë et pleurarde, parfois
grave et profonde comme la voix solennelle

d'un académicien qui lit son rapport sur les prix de vertu.

J'en avais oublié Champdoré, nos dîneuses, le reste et même Paris.

Il venait de je ne sais où un air de valse d'un rythme très lent qu'on eût dit modulé par une flûte de roseau. Et cette valse me redisait la lettre de la petite cousine.

Je croyais être à son premier bal. Je la voyais entrer dans le salon, un peu rougissante, à peine décolletée dans sa robe couleur d'aurore. Puis elle tournait, tournait, me frôlant chaque fois, laissant derrière elle un sillage rose et quelque chose de blond qui éclairait les ténèbres.

Un grincement subit de verrous me fit sursauter. Le sergent de garde venait me demander des allumettes pour rallumer sa pipe à demi éteinte.

Je l'entendis s'éloigner d'un pas lourd vers sa chambre en sifflotant cet air de valse qui avait fait vagabonder si loin la folle du logis. C'était un air de son pays qu'il répé-

tait à tout propos, une de ces ritournelles
que les violoneux raclent chaque dimanche
sous les tilleuls de la Robertsau, à Stras-
bourg, où sont les belles filles coiffées de
grands nœuds de ruban, pareils à des papillons noirs posés dans l'or des blés...

II

Quatre murs blanchis au lait de chaux,
aussi chargés de pochades, d'inscriptions
de toute sorte, qu'un obélisque égyptien
l'est d'hiéroglyphes symboliques.

Dans le fond, un châlit tout nu, sous la
soupente que forme le toit.

Un pan de ciel apparaissant comme au
travers d'un vitrail entre les treillagements
d'une petite lucarne carrée. Quatre pas à
marcher de long en large sur des carreaux
en briques d'un rouge sale, usés par le frot-
tement des souliers. Un escabeau en bois
vermiculé, fouillé de noms et de dates en
relief. Une planche incrustée dans le mur,

9

sur laquelle sont jetés pêle-mêle des diction-
naires, des atlas, les cahiers, l'encrier, la
timbale égouttant des larmes vineuses sur la
serviette, une fourchette près d'un porte-
plume, une cuillère sur un *Cours de fortification.* Et dans les coins des tas d'effets
empilés sur le sac à linge.

En langue officielle, ce décor s'appelle la
salle de police.

En argot, l'*ours.*

Si Béranger était monté par là avant de
faire éditer ses chansons, il n'est pas douteux qu'il eût modifié son fameux vers :

Dans un grenier, qu'on est bien à vingt ans !

On peut faire, en effet, le tour du monde
dans ce rectangle étroit, y explorer le pôle
Nord pendant les mois de neige et les postes
perdus du Sénégal, lorsque la flambaison
d'août s'épand sur les ardoises blanchies
comme une nappe de plomb fondu.

En hiver, on s'emmitoufle dans toute sa

friperie d'uniformes et dans les couvertures effiloquées que le sergent veut bien vous laisser lorsqu'il est de joyeuse humeur, et l'on bat la semelle sur les briques en grelottant comme une pauvresse des grands chemins.

En été, on se déshabille et l'on dort d'un lourd sommeil d'ivrogne sur les tringles de fer du lit.

Pellisson avait son araignée. Tous les prisonniers ont eu leur machine à oublier qui guérissait leur âme inquiète de la nostalgie des choses extérieures.

A Saint-Cyr, l'amusement coutumier des bloqués varie peu.

Dans toutes les saisons, c'est de relever le châlit jusqu'au rebord de la lucarne.

On grimpe avec des souplesses simiesques à cette échelle improvisée, et l'on fume alors tranquillement un tas de cigarettes en regardant les moineaux battre des ailes sur les toits, des chats se frotter hiératiquement le dos contre les cheminées, et les charrettes de rouliers qui passent sur la route avec de longs claquements de fouet.

D'autres fois, quand on a un voisin, la conversation s'engage par-dessus les ardoises.

Puis, il y a les heures de repas durant lesquelles les portes des cellules restent ouvertes au large.

Et lorsque le sergent tourne le dos, de porte à porte, on se passe la boîte de sardines, l'eau-de-vie achetée en tapinois au garçon, un roman drôle qu'on échange, et surtout les bouts de chandelles carottés le matin pour pouvoir lire dans son lit quand tout le monde est endormi.

Enfin, l'usage classique de graver son nom dans le plâtre avec la date et le motif de la punition. Ceux qui savent quelques bribes de dessin pochent en quatre traits la caricature du général ou du *corps de pompe* (1).

(1) Les professeurs.

Les poètes rimaillent un mauvais sonnet sur leur misère.

Les philosophes écrivent un de ces paradoxes crevants qui réjouissaient tant Théophile Gautier.

La salle de police devient ainsi comme un grand album illustré dont chaque cloison serait un feuillet, et bien des généraux qui ne veulent plus savoir rire, s'étonneraient aujourd'hui de retrouver encore leur signature au numéro 4 ou au numéro 11 !

Que de noms l'on devrait aussi pieusement encadrer de noir, les noms de nos aînés tombés glorieux au champ d'honneur ! Car, depuis l'année terrible, l'album burlesque est devenu le livre d'or des promotions : — un martyrologe sur lequel semble flotter l'ombre altière d'une couronne de lauriers !

LES EXERCICES

———

Que les jours d'hiver nous parurent longs, les après-midi sombres pendant lesquels nous épelions le B A BA du métier, dans le *Marchfeld* (1) que balayaient âprement les bises !

La solitude lugubre de la campagne emplissait l'horizon. Sous l'ensevelissement des neiges, on eût dit d'un immense lac congelé d'où émergaient, pareilles à des épaves inertes, les meules de paille et les flèches aiguës des clochers trouant le ciel louche,

(1) Champ de manœuvres.

ainsi que des mâts de navires en détresse.
Paysage de ballade allemande, terne, funèbre,
que semblait traverser la grandissante clameur du cortège macabre de Lénore et son
refrain douloureux, scandé par les faméliques
croassements des corbeaux : — Les morts
vont vite !

A défaut de l'amante inconsolée, les corbeaux ne manquaient pas à la fête, et leurs
vols épars noircissaient la nappe blanche
d'irrégulières taches d'encre.

Il y en avait tant et tant, qu'on eût pu se
croire au pays fabuleux du roi Novembre,
le pays hyberboréen dont il est parlé dans
certain conte de fées.

« Un jour, dit l'histoire, jaloux de la
splendeur immaculée du givre, les oiseaux
ténébreux étaient accourus là de toutes les
contrées de la terre. A l'aurore, ils s'abatti-
rent sur les jardins royaux endormis dans
la neige, et le vieux roi Novembre, en met-
tant le nez à la fenêtre, fut si lamentablement surpris de cette draperie de deuil, qui

souillait·son tapis inviolé, qu'il poussa un grand cri et mourut... »

Qu'elles nous paraissaient interminables, les pauses d'exercice !

Les pieds se momifiaient. Les mains bleuissaient. Les nez violacés s'emperlaient d'une éternelle gouttelette, car personne n'osait se moucher avant la *berloque.*

Et « Portez... armes ! » et « Présentez... armes ! » et « Croisez... ette ! » toute la litanie du conscrit, à laquelle fidèlement le fusil répond : « Ora pro nobis ! »

Chaque ancien instruisait un *melon,* et c'était une bonne aubaine, une véritable chance de Bidard, lorsque dans cette loterie il arrivait par hasard de tomber en des mains compatissantes.

« Groupe des s'en-moque-pas-mal ! » gouaillait Martillac, en parlant de ceux-là.

L'incorrigible Gascon avait, en effet, subdivisé les anciens en trois catégories : les s'en-moque-pas-mal, les fanatiques, les trembleurs.

Les s'en-moque-pas-mal commandaient
très fort, débitaient au besoin des lambeaux
de théorie, beuglaient, gesticulaient comme
quatre, mais, le dos de l'officier tourné, re-
mettaient placidement leurs mains dans les
poches et bavardaient de la pluie, du beau
temps, et surtout de Paris.

Les fanatiques ne savaient, ne comprenaient
qu'une chose, la rigoureuse consigne et le
règlement du 2 novembre 1833. Ils prenaient
pour devise : Manœuvrer, manœuvrer toujours, sans une minute de repos, malgré le
froid, malgré la fatigue.

Les trembleurs singeaient les fanatiques.
Ils étaient les déshérités, ceux que le capitaine marquait d'une croix rouge sur son
carnet, qui le dimanche espéraient sortir et
voyaient invariablement la porte se refermer
devant eux.

Tristes acteurs d'une comédie intitulée
comme celle de Shakespeare : *Beaucoup de
bruit pour rien.*

Que les jours d'hiver nous parurent longs !

Les mieux trempés se laissaient envahir
par le spleen profond qui coulait des brouil-
lards moroses. On se levait, on allait à l'é-
tude, on écoutait les élucubrations des professeurs à l'amphithéâtre, on faisait l'exercice avec la soumission atone des condamnés
qui balayent le préau de leur prison et tres-
sent des chaussons de lisière.

La vie avait quelque chose d'automatique,
le mouvement inerte de ces joujoux mécani-
ques dont le ressort est remonté.

Les lettres qui partaient vers le pays répétaient toutes le même air : une gamme résignée, bêtement mélancolique. Méchante chanson sur un méchant air que les bonnes
vieilles aïeules écoutaient certainement en
ronronnant avec un sourire un peu incrédule
et de tranquilles hochements de tête :

« Eh quoi! on n'a donc plus vingt ans
aujourd'hui ! »

Au dégel, adieu les élégies!

Le printemps a raccommodé la mécanique
cassée. Le fusil n'a plus sa lourdeur ancienne

qui meurtrissait rudement les épaules. Le sac est chargé de plumes.

C'est que maintenant on court les chemins et les bois. Le programme est changé. Les portes sont ouvertes au large.

Plus de *Portez... armes!* décomposés et redécomposés. Plus de *marchfeld*, où les souliers s'enfonçaient comme en une éponge aqueuse.

Le plein air libre, les champs, les prairies de luzerne étoilées de papillons roux, les arbres embroussaillés de gui, les fleurs des pruneliers, les folioles glacées d'un vert de laque pâle, les sentiers couverts qu'un large rayon jaune enfile, diffusant des plaques d'or palpitantes de moucherons, et la musique ailée des nids et les voix qui viennent on ne sait d'où, fraîches et rythmiques... L'exil des cours sans soleil rend bucolique!

Et lorsque, toute une tiède après-midi d'avril, nous avons couru en tirailleurs, le soir, à la récitation de la théorie, ce ne sont pas des formules militaires sèches, des de-

voirs du caporal de chambrée ou des fonc-
tions des sentinelles dont on se sent la tête
remplie, mais des vers d'églogue, de ces
vers parfumés de Lucrèce, à travers lesquels
s'épand le souffle fort et doux de la terre
grisée par les jeunes soleils...

LE JOURNAL

DU DEMI DE GAUCHE

Comme autrefois au collège pour les romans sales de Paul de Kock, de temps en
temps, avec des sourires entendus, des cli-
gnements d'yeux, des mines chafouines, on
se passait sous les tables un rouleau de
feuilles bariolées de caricatures et de grif-
fonnages.

Nous appelions cela notre journal, et le
titre en était débaptisé à tout propos...

Drôle de journal où n'importe qui écrivait
sa boutade, son mot pour rire, où il sonnait
des vers de treize pieds, où des gravelures

dignes du marquis de Sade encadraient sans
vergogne aucune les berquinades endormeuses et les contes cavalièrement troussés, où
gaminement la plume faisait la nique à l'autorité et narguait le sempiternel *quos ego*
des rapports journaliers !

La rédaction confiante ne refusait pas un
iota et vivait dans la bonhomme ignorance
du panier aux papiers qui se gonfle de
tant de manuscrits, et des cruels ciseaux
de la censure qui mutile les fœtus les mieux
venus.

Plus il se disait de gausseries sur les chefs
et le *corps de pompe,* plus la parodie était
épicée, plus le numéro avait de succès.

Les *melons,* sans trop se faire tirer l'oreille,
recopiaient les articles pour les anciens, et à
l'exercice on riait alors en partie double.

Quand le directeur des études entrepre-
nait sa tournée de surveillance, le journal
était enfoui dans les feuillets d'un volumi-
neux in-folio de Jomini.

Quel ménage, n'est-ce pas? Les grelots de

Triboulet interrompant les pompeuses pé-
riodes du docte tacticien. La nuit, dans le
silence profond des études désertes, les rats
qui trottinaient sur les bouquins de la bibliothèque devaient-ils être assez ébahis de
ces colloques aussi hilarants qu'un chapitre
de « haulte gresse » du Pantagruel...

Que de jouissances amères nous ressen-
tirons dans bien, bien des années à retrouver
au fond d'un tiroir empoussiéré parmi les
tresses blondes, les fleurs sèches, les enve-
loppes jaunies, — tout ce qui restera du
poème de joie, — un de ces exemplaires
frangés de cassures indépliables d'où s'éva-
porera l'odeur molle des choses anciennes
oubliées !

Alors, les pantoufles posées sur les che-
nets, de rondes lunettes au bout du nez,
avec de longues paresses, des pauses hési-
tantes, des monologues coupés de petits rires
chevrotants, nous refeuilleterons le journal
âgé peut-être de la cinquantaine...

Nous nous croirons rajeunis. Nous aurons

à nouveau vingt ans. Nous voudrons enta-
mer les refrains du bahut, comme un vieux
grisé de vin doux qui longe les haies du chemin en marmottant des compliments aux
merles.

Si, d'aventure, quelque camarade retraité
est monté faire la partie, de fauteuil à fauteuil,
les bavardages, les histoires se prolongeront
si tard que la pendule s'arrêtera scandalisée.
Les t'en-souviens-tu iront leur train. Il faudra lire de la première à la dernière page
sans omettre une virgule. Et entre l'odyssée
de la chaussette qui égayait la longueur des
cours d'administration, les calculs embrouil-
lés de la Grande Barbette, les prosopopées
de Bartholo se comparant à Bonaparte et
pataugeant dans les plans de Marengo, nous
nous demanderons, tristes comme des grands-
pères qui accompagnent un des leurs au cimetière :

Où sont à cette heure tous les joyeux
écrivains de ces drôleries ? où est Martillac
qui pendant les cours avait élu domicile sous

le banc le plus élevé de l'amphithéâtre et y dormait si béatement qu'une fois par ses ronflements majestueux il interrompit une palpitante démonstration de *topo ?* où est Champdoré qui abonna le général au *Journal des Abrutis ?* et Pellaroque qui cacha, un dimanche, dans le tabernacle de la chapelle, le réveil-matin de l'aumônier ? où sont les ardents, les ambitieux, les espérants ? où sont ceux qui rêvaient l'amour, qui s'agenouillaient devant la femme, comme aux pieds d'une idole adorable ? où sont les sceptiques et les découragés ?

Hélas ! oserons-nous nous répondre ?

Oserons-nous penser aux églises si souvent tendues de noir où les tambours résonnaient sourdement sous leur endeuillement de crêpe, aux champs de bataille immenses où les coquelicots sanglants foisonnent autour des croix à demi pourries ?

Oserons-nous regarder notre premier plumet de saint-cyrien encore accroché au mur dans une panoplie et qui pendra, déteint,

rongé par les vers et la poussière, plus lamentable qu'un panache de mardi-gras
abandonné sur le trottoir ? Symbole déce-
vant des espoirs et des amitiés emportés à
tout jamais.

LE BAZOF...

Soyez tout ce qui vous passera par la cervelle dans une heure de déraison, montreur des bêtes d'une ménagerie, barnum de Millie-Christine à deux têtes, donneur d'eau bénite, croque-mort, garde-chiourme, valet d'Harpagon, guichetier, chien de garde ; soyez professeur de javanais dans une de ces institutions de carton où les ratés jouent leur farce pédantesque, où les repas sont aussi maigres que les maigres fusains qui grelottent au fond de la cour humide, où l'on passe la journée à attendre le coup de sonnette timide qui annonce l'arrivée d'un nouvel élève.

Cherchez la quadrature du cercle et la direction des ballons. Entassez bêtises sur bêtises, soyez gendelettre, alignez des rimes et pendez-vous un soir de décembre afin de savoir si l'on paye là-haut son bois aussi cher qu'à Paris.

Faites tout, même des eaux-fortes impressionnistes, mais, pour l'amour de vous, ne soyez jamais *bazof* à Saint-Cyr.

Bazof ! Selon les naturalistes, être hybride qui n'est plus sous-officier et n'est pas officier ; policier hargneux et méfiant, sans cesse aux aguets dans les recoins d'ombre comme une araignée qui guigne les mouches imprudentes.

Y a-t-il du tapage dans une étude ? Histoire de *bazof !*

Y a-t-il une farce inédite dont les officiers ne peuvent s'empêcher de rire à la dérobée ? Histoire de *bazof !*

Le répertoire en est inénarrable.

On dirait du rôle de Pierrot, le bouffon personnage des atellanes italiennes, l'amou-

reux transi que raillent cruellement les rires
querelleurs des femmes, qui reçoit sans une
plainte les rebuffades et les horions des plus
timides comme s'il s'agissait de monnaie
courante.

Crayonnages mordants, moqueries impi-
toyables, chansons qui s'apprennent de promotions en promotions et dans lesquels les
noms propres seuls sont changés, tout est
de bonne guerre contre le *bazof !*

Estimable pion militaire en épaulettes de
plomb qui ne trouvera même pas comme
ses confrères de l'Université une plume de
myope attendri pour apitoyer les bons cœurs
sur son ingrat métier !...

LES MOYENNES DE SORTIE

Dans le *Grand-Carré* (1), deux larges cadres de bois noir recouverts d'un grillage
sont scellés au mur.

On dirait de ces placards ajourés qui se
trouvent sous le porche des églises de village,
tachant le plâtre moisi de leurs treillagements
rouillés. C'est là que les promesses des épousailles entonnent le prélude grave des épitha-
lames, que la grosse politique du *Bulletin*

(1) Le *Grand-Carré* est une sorte de grande antichambre carrée sur laquelle s'ouvrent les portes des
études celle du cabinet de service et de la chambre du
capitaine de garde.

On y affiche les notes des élèves, les feuilles journa-
lières de punition, les circulaires ministérielles, la liste
de classement, etc., etc.

des Communes voisine avec les mandements d'évêques et l'alléchante réclame des fêtes votives. Et avant les offices dominicaux, les paysans endimanchés dans leurs bourgerons bleus se groupent autour, discutent en leur patois, riant très fort en échangeant de violentes bourrades qui font cancaner sous les ormes les oies épeurées.

Nos cadres à nous n'enfermaient pas tant de choses sous leur masque treillagé ; seulement une longue liste dans laquelle, devant le nom de chaque élève, deux chiffres étaient accolés. Les deux chiffres brutaux de la moyenne qui tout le mois devenait notre passeport pour Paris, la clef qui nous ouvrait à deux battants la porte des champs, le dimanche.

Les 17 étaient les privilégiés, les marquis de Carabas courant les boulevards quatre fois par mois ; les 15 et les 12, la bourgeoisie tranquille qui gagne honnêtement ses petites rentes ; les 10, la valetaille commune, qui, sans efforts, sans émoi, dé-

crochait la dernière semaine son maigre
jour de sortie.

Et enfin, au-dessous de ces cercles for-
tunés, la tourbe des déshérités, de ceux qui
avaient sans cesse à la bouche, en effaçant
les jours du calendrier, le « *lasciate ogni
speranza* » de l'épopée dantesque. Condamnés à perpétuité à ne voir de Paris
pendant des mois et des mois que la buée
rougeâtre flottant le soir au-dessus des murs
du Marchfeld !

Ceux-là régulièrement se berçaient d'illusions : ils additionnaient, multipliaient leurs
notes de *colles* et de théorie cherchant la
dizaine providentielle qui restait au fond de
l'encrier, espérant qu'il se glisserait une erreur bienfaisante dans les nombreux calculs
des adjudants et le jour de l'affichage, autour des deux cadres noirs, dans le grouillement de foule tassée, dans la bousculade
impatiente, jouant des coudes, gesticulant,
criant, ils s'annonçaient leurs moyennes trop
exactes d'un accent piteux.

« Sept au-dessous de zéro ! disait l'un. Encore un mois de pause, ma vieille branche ! »

Et un autre répliquait avec un ton très digne :

» Mince de veine au bilboquet ! Abonnement fixe au restaurant Poireau ! »

UNE MUETTE....

Si nous vivions encore au temps pompeux
de l'abbé Delille et des rimailleurs didacti-
ques en quête de sujets inédits, que d'hé-
mistiches il eût été aisé d'aligner en six chants
pour conter les mésaventures d'un vulgaire
melon pendant les six jours qui précèdent
celui de sa sortie ! Que de superbes comparaisons à développer ! Les comparaisons
nobles dont il est cité des modèles dans les
prosodies du XVII° siècle :

> Tel un navire en proie à l'aveugle tempête
> Qui traîne dans la nuit son sillage écumeux,
> Vers les sombres écueils et vers les gouffres bleus.

C'est qu'en effet je ne connais point d'a-
venture plus prestigieuse que de parvenir

sans rien laisser dans la bataille au repos du septième jour.

Énumérons ensemble et comptons sur nos doigts pour ne rien oublier.

La récitation de la théorie, les *colles*, les inspections, les exercices, le peloton de punition, le gymnase, l'équitation, l'escrime, le dortoir, l'amphithéâtre.

Et nous pouvons mettre un indéfini, etc., à cette table de chapitres.

Pour peu que le temps soit gris, qu'il vente, qu'il pleuve et que les officiers soient de méchante humeur, adieu paniers, vendanges sont faites! Ni permission, ni journée parisienne!

Il ne faut jurer de rien, affirme le proverbe. Il ne faut pas échafauder le moindre projet avant d'entendre le sifflet du chef de train coupé par les hoquets solennels de la locomotive qui s'ébranle. Sans quoi, *pri out,* au moment où l'on y pense le moins, une chiquenaude imprévue abat tout par terre comme un château de cartes. Et les nez de s'allonger, les bouches de béer, stupéfiées et navrées.

Telle chose m'advint, certain samedi d'avril.

Le ciel était d'un bleu si attendri, les halliers d'une verdure si fraîche, si pâlotte, que nous avions décidé d'aller en bande fêter la Saint-Printemps dans les bois de Meudon.

Du soleil, du champagne, de belles filles au bras, des lilas en fleurs à la boutonnière. Nous n'en dormions plus, ni les uns ni les autres. Le journal hebdomadaire crevait d'une indigestion d'idylles, et on se disait « à demain » comme on se dit « bonsoir », coutumièrement...

Or, nous avions compté sans les anciens et sans ce billet qui fut colporté de fausse manche en fausse manche, dès le matin :

« *Aujourd'hui, il sera piqué une muette*
« *au réfectoire, pour protester contre les*
« *nombreuses punitions triplées par le géné-*
« *ral.* »

Piquer une muette, c'est faire le tapage de l'extrême silence. Pendant tout le dîner, l'immense salle du réfectoire semble métamorphosée en une nécropole où plus rien ne s'entend, ni le heurt métallique des fourchettes, ni la clameur discordante des conversations, ni le remuement des assiettes. Un banquet de momies pétrifiées à table par les siècles.

Il y a quelque chose d'angoisseux, de pénible dans ce silence soudain si inaccoutumé. Les officiers les plus indomptés ne peuvent le supporter et quittent bientôt la salle où leurs talons résonnent lugubrement sur les dalles. Aussi les révoltés payent-ils toujours très cher ce quart d'heure de persécution !

Nous ne le sûmes que trop. La Saint-Printemps tomba dans l'eau, car le général haussa les moyennes et supprima la sortie.

Morale du pot de terre contre le pot de fer, cette fable que chacun sait par cœur et que les plus malins oublient trop vite !

11.

SERMON DE COUSINE !

En des livres pourris de raison où les syllogismes se greffaient aux syllogismes, des
philosophes chauves et crasseux ont biffé
l'amour d'une barre noire. Enfouissement
de quatorzième classe sans litanies et sans
croque-morts.

Ces lugubres ergoteurs n'avaient donc
jamais réchauffé leurs cervelles creuses aux
averses de soleil qui s'émiettent en mai à
travers les vitres réjouies Ils ne lisaient
donc pas leur pathos famélique à quelque
blonde et grasse Margot qui leur eût jeté
pour réponse son torchon chiffonné au
visage, en riant de toutes ses dents blanches.

Les mêmes ont nié le remords. Négation

pardonnable du reste, car ces points d'in-
terrogation là se perdent dans les nuages.
Mais le moyen de rompre avec de tels préju-
gés quand il se trouve de par le monde une
adorable petite cousine pour vous reprocher
vos péchés et montrer sa frimousse trempée
de lait entre les barreaux du confessionnal
devant lequel maladroitement vous bégayez
votre *mea culpa.*

Mea culpa, mea maxima culpa, cousinette !

Pourtant si les sorties n'avaient pas
été si rares en carême, si les restaurants
n'avaient pas eu de cabinets particuliers, si
les camaros ne découvraient pas des argu-
ments concluants pour faire manquer le
train de province, s'il était possible après
trois mois d'emprisonnement de traverser
les boulevards en fermant les yeux, si, si et
si, j'aurais passé la semaine de Pâques à
bécotter vos cheveux follets, à regarder
blanchir la neige des lilas et à vous déclamer
des vers de Musset en longeant les allées

traversées de vols vibrants et d'abeilles. Et
vous ne m'eussiez pas écrit, comme à un
excommunié, l'homélie en quatre points que
malgré tout je vais relire, car je crois entendre dans le ramage ému de ces vilains
reproches les battements si doux de votre
petit cœur marri...

                                    Pau, avril 1875.

« Vous en faites de belles, monsieur mon
cousin, et je me permets de vous transmet-
tre nos compliments de condoléance.

« Nous étions tous allés vous attendre à
la gare.

« J'avais mis ma première toilette de
printemps. Le printemps datait pour moi du
jour où vous nous reveniez. Je vous parle
d'il y a bien longtemps. Histoire d'automne
et de feuilles mortes aujourd'hui !

« Si vous aviez entendu votre père, si vous
l'aviez vu interrogeant de minute en minute
l'employé qui lui répondait maussadement :
« Le train de Paris n'a pas de retard ! »

« Puis, lorsque le train arrive enfin, que les voyageurs descendent pêle-mêle, — .personne.

« Alors nous avons repris le chemin de la maison sans une parole, ayant presque des larmes dans les yeux...

« Et monsieur André? » a demandé Vivette sur le seuil avec un geste effaré.

« Nous nous sommes tus les uns et les autres.

« Une immense tristesse tombait, endeuillant la maison. Il me semblait marcher dans les couloirs d'un théâtre où la représentation n'a pu être donnée.

« Votre chambre avec ses fenêtres ouvertes au large sur le jardin, son lit propre où les draps blancs, les couvertures fleuraient encore l'odeur molle des armoires, vos livres préférés aux étagères, vos pantoufles morosement abandonnées dans un coin; la salle à manger avec la table chargée de confiseries comme aux grands dîners de fête, le couvert de plus placé à côté du mien; et ce

je ne sais quoi palpitant de la cave au grenier qui fait pressentir et annonce la reve-
nue d'un absent aimé, tout cela augmentait
notre peine.

« Vos lettres et votre bulletin arrivèrent
à la fois et pendant le dîner.

« Ah! cousin, cousin, que n'avez-vous pu
écouter de là-bas?

« Je n'ai même pas osé risquer une petite
phrase indulgente et plaider votre cause
perdue. Je voudrais bien ne pas connaître
les gros péchés qui vous ont été reprochés.
Mes rêves ont maintenant l'aile brisée. Suis-je
donc déjà oubliée? Et nos chers serments
de l'octobre dernier sont-ils morts et en-
terrés?...

« C'est qu'on a dit tant de choses, oubliant
que je ne perdais pas une syllabe... Qu'est-ce
donc d'abord que ce mot de *cocotte* qui
revenait sans cesse aux lèvres de votre père
à propos de ces vacances? Quel drôle de
mot! Je présume qu'il doit être peu catho-
lique.

« Puis vous avez des notes, des notes ! Au Sacré-Cœur, on nous mettait le bonnet de nuit pour de pareilles...

« Et ces huit jours de salle de police tombés du ciel !

« — On ne monte pas de ces colonnes-là au commandant Verchère ! a bougonné votre père en déchirant la lettre. Cela se tient. Travail nul. Conduite déplorable. Punitions fréquentes. »

« Travail nul, conduite déplorable ! Mais, mon pauvre André, tu veux donc user tes souliers toute ta vie sur les grandes routes. Ce serait si gentil de sortir dans la cavalerie et je t'aimerais encore davantage en dolman bleu, tu le sais bien. Mais j'oublie, Monsieur, ma résolution de ne plus jamais vous tutoyer et surtout de ne plus vous aimer ?

« Cependant, si vous deveniez cavalier, un beau matin, je ne dis pas que...

« Je ne vous embrasse pas.

« MADELEINE. »

LES CAVALIERS... FUTURS

« User ses souliers toute sa vie sur les grandes routes ! »

Ma chère cousine, nous sommes très nombreux ici à ruminer cette mélancolisante pensée et à contempler d'un regard envieux les basanes empoussiérées des cavaliers qui reviennent de la carrière.

C'est comme une tombola annuelle à laquelle bien des désirants voudraient gagner sabre et éperons.

Et l'été, tandis que les anciens, vautrés sur les bancs, choisissent le numéro de leurs futurs régiments, arrangent d'avance leur vie de garnison, les *melons* se consultent inquiètement, discutent la cote, les listes et se communiquent leurs pressentiments. On dirait qu'il se traite un coup de Bourse...

« Vous savez, à propos, Davelloy s'est fait rayer ! s'écrie un arrivant qui descend tout essoufflé du dortoir.

— En es-tu sûr ?

— La bonne blague, puisque c'est lui-même !...

— Dans ce cas, si le gros Machin échoue à l'examen d'équitation, si Max veut décidément les marsouins, ça biche dans le mille ! On s'arrêtera dans les 180, vous verrez ?...

— Moyenne de 11 1/2 alors...

— Et dire que, du temps de mon frère, on entrait tout de go à la section avec un brin de piston et deux tours de manège !

— Quelle boîte c'est devenu depuis ? »

Les tilleuls de la cour Wagram n'entendent plus d'autres parlottes.

On répète : « L'aurai-je, ne l'aurai-je pas ? » avec l'accent navré de Fechter quand il jetait au public le « *to be or no to be* » d'Hamlet.

L'idée fixe vous accompagne, vous poursuit de son obsession inéluctable, monotonement et partout, comme les endormeuses que les nourrices lorraines ronronnent toujours sur le même air en berçant les petits.

Quels coups de collier se donnent alors sans rechigner aucunement pour réparer le temps perdu !

Les études ne paraissent plus assez longues aux insoucieux des premiers mois. Ils étudient pendant les récréations. Ils sacrifient même parfois leur dimanche pour préparer une *colle* prochaine. Ils ne vivent plus de la vie commune.

La lune se décrocherait un soir du ciel, pareille à ces ballons d'enfant qui tachent les ciels d'été de leur envolement rouge, qu'ils ne s'en apercevraient même pas.

Et leurs anciens copains de flâneries se détournent d'eux, et avec un suprême dédain les surnomment : Pompiers malheureux !

LONGCHAMPS

Les deux grises années de Bahut ressemblent peu aux tableaux d'une féerie, et pourtant, dans la kyrielle des semaines malheureuses, il est un jour d'apothéose après
lequel le cœur devrait battre à coups plus
précipités et les yeux s'allumer d'un orgueil
infini.

Qui ne se souvient pas de cet après-midi
de juin, resplendissant de soleil, où le premier bataillon de France défile sur la pelouse
poussiéreuse de Longchamps, dans le tumulte sonore des musiques, dans l'acclama-
tion d'une foule qui bat des mains?

Il semble que ce soit le baptême de nos

jeunes épaulettes, la fête superbe où l'armée nous salue, nous tend fraternellement les bras. Le drapeau sur lequel est brodé en lettres d'or la devise robuste : « ILS S'INSTRUISENT POUR COMBATTRE ET DÉFENDRE LA PATRIE » claque dans l'air radieux avec des déroulements vainqueurs.

D'un bout à l'autre des tribunes court un grand frémissement d'allégresse, un brouhaha de foule emportée dans un coup de folie, tandis que par-dessus le moutonnement confus des têtes s'agitent les ombrelles lumineuses des femmes et les chapeaux qui ondulent comme des essaims de mouches noires...

Et dans cet instant-là, les malchanceux eux-mêmes ne pensent plus au chemin de croix qu'ils arpentaient la veille encore, qu'ils retrouveront devant leurs pas, au retour. Ils embrasseraient les *baȝofs*. Ils chanteraient à tue-tête l'ironique refrain de la *Dame blanche* :

Ah! quel plaisir-ir d'être soldat!

L'École est la terre promise, l'Eldorado retrouvé, où l'on aime à pleines lèvres, où l'on est libre, où l'on dort. Vive le Bahut ! vive Saint-Cyr !

Puis, le moulin dépassé, les dernières fanfarades expirées au loin, l'impression bénie s'envole pareille à un chardonneret dont la cage serait restée entr'ouverte.

Le ballon trop gonflé crève aussitôt en plein ciel. Et les jambes se traînent, les têtes se courbent, le long de la route de Saint-Cloud que la Seine incendie de ses reflets métalliques...

Alors, dans toutes les compagnies, c'est à qui rira le plus fort de son emballement passager, qui parodiera le plus fantasquement le général cramponné des deux mains aux fontes avec son dos avachi et sa frégate empanachée qui bouche l'horizon.

Les uns rappellent les défilés sempiternels dans le *Marchfeld* depuis deux mois ; comme si on nous eût fait répéter une parade de cirque olympique, les graves rapports dans

12.

lesquels se discutait solennellement la question de savoir si l'on balancerait les bras ou si on ne les balancerait pas. D'autres citent les noms des melons maladroits laissés comme des meubles inutiles à l'École.

Champdoré raconte les infortunes de la pauvre rosse du général, éreintée depuis huit jours par les écuyers, sevrée d'avoine et condamnée à entendre du matin au soir les tapageuses batteries des tambours. Et il accompagne son histoire cocasse d'une glapissante réclame de camelot :

— D'mandez, Mesdames et M'ssieu, l'dessous d'un défilé par Népomucène Chauvin, révélations intéressantes et rigolatives. Dix centimes. Deux sous !

Le ridicule a tué l'enthousiasme.

Il en est de même de nous que d'une troupe de vieux acteurs.

Joueraient-ils la plus charmeuse des féeries, une de ces fantaisies adorables de Shakespeare où la blonde Titania apparaît dans l'éblouissement du clair de lune bleu

des nuits d'été, où le rire aigu de Caliban
sonne à travers les grèves battues par les
vagues; joueraient-ils le poème inconnu de
quelque artiste fou dont le rêve s'est envolé,
un soir attiédi, vers le jardin mystérieux où
les constellations s'ouvrent dans les ténèbres,
pareilles à des belles-de-nuit; comme s'il s'a-
gissait de leur répertoire coutumier, ils tra-
verseront les apothéoses sans le moindre
enivrement, sans trouver dans leur voix
éraillée une de ces clameurs inspirées, déli-
rantes, qui tout à coup soulèvent et remuent
la salle entière.

Hurluberlu fera une grimace risible, rail-
lera peut-être d'un calembour les fées sou-
riantes qui se penchent au bord des nuages.
Et la rampe éteinte, la dernière tache de
fard essuyée à leur visage, les pauvres diables iront s'asseoir au fond de quelque
bouge fumeux, ratatinés, cassés, sales, la
tête aussi vide, aussi abêtie que les jours
d'avant.

Leur serait-il possible, en effet, d'oublier

l'atmosphère viciée, le jour douteux des coulisses, les décors ternes, reprisés de vieux journaux, enluminés de couleurs fausses comme d'immenses images d'Épinal, la scène vide, mal éclairée par quatre quinquets, où cent fois ils ont roulé ainsi que des toupies, gourmandés par le régisseur, marmottant d'une voix blanche les phrases poussives des rôles.

Les misères monotones des répétitions, la réalité stupide et brutale ont fermé leur âme pour toujours à la douceur consolante des illusions....

LA RIPAILLE DE SAINT-CLOUD

I

Lorsque le premier bataillon débouche devant les premières maisons de Saint-Cloud, on dirait une entrée de victorieux dans quelque ville soumise.

Les gargotiers cravatés de blanc, le sourire aux lèvres, attendent sur leurs portes. Et comme pour une gargantuesque ripaille, à travers les vitres, reluisent le blanc mat des piles d'assiettes, les carapaces écarlates des homards, les bouteilles de toutes les marques, couvrant les tables serrées les unes contre les autres.

Les faisceaux sont formés sur la place, devant la Tête-Noire. On déboucle son sac avec le mouvement lassé des troupiers qui arrivent à l'étape.

La première étape est en effet terminée. Des voix crient joyeusement : « Saint-Cloud, deux heures d'arrêt ; Buffet! »

On s'appelle. On se retrouve. Les restaurants sont envahis.

Bientôt, il ne reste plus sur la place que des groupes de bourgeois ahuris et la malheureuse sentinelle qui, son fusil au bras, fait les cent pas autour des faisceaux. De temps en temps, elle s'arrête, humant la grasse odeur de cuisine qui flotte dans l'air, écoutant le pétillement continu des bouchons de champagne, et ses regards qui s'attardent sur la fête des camarades ont une mélancolie si résignée, qu'on songe malgré soi au triste héron de la fable...

Le jour de Lonchamps, les anciens et les nouveaux fraternisent, les coudes sur la nappe blanche.

Il semble qu'il y ait un banquet particulier à chaque table, à chaque salle.

Camarades du même collège, camarades de la même ville, du même pays, amitiés d'hier, cimentées par la souffrance commune et ceux qui sont de partout, que l'on accueille à bras ouverts parce que leur esprit sonne un éternel carillon de gaieté.

Les graves se déboutonnent. Les malades endorment leur spleen dans la tisane d'or qui déborde des coupes.

On jouit de se sentir réunis une dernière fois avant la séparation violente qui dispersera la promotion aux quatre coins de la France. On parle de ceux qui sont restés en route. On boit à l'avenir, au présent, au passé. Les toast n'en finissent pas.

La revue finie, quand passent les régiments, on se précipite aux fenêtres, le verre levé. On acclame le drapeau, les officiers, les soldats et parfois alors, un colonel ému qui se ressouvient de la vingtième année, du vieux Bahut, des vieux amis, salue très haut

de l'épée les officiers de demain et fait jouer
la Galette à sa musique....

II

La section ne s'arrête pas à Saint-Cloud.

Le régal des pauvres cavaliers est maigre.
Il n'ont à craindre qu'une indigestion de ki-
lomètres, car les bornes sont nombreuses du
bois de Boulogne au portail de l'École.

Cependant le supplice de Tantale qu'ils
doivent endurer malgré eux est revu et cor-
rigé par les camarades apitoyés.

Tandis que la section traverse la place
dans un nuage de poussière, tandis que les
appels sonores des trompettes secouent les
vitres des maisons, serviette sous le bras,
serviette au cou, tête nue, débraillés, les
dîneurs abandonnent leurs tables, empor-
tant à pleines mains une succulente desserte
de rogatons. Et tous de courir entre les chevaux qui piaffent impatiemment...

Les mains se serrent dans une étreinte

rapide. Les fontes débordent bientôt de paquets informes qu'enveloppe une page grossière de journal. Par les déchirures du papier éventré, saillent une patte de langouste ou quelque carcasse dorée de poulet...

Puis, la dernière file, les derniers plumets rouges et blancs disparus au tournant de la route, la ripaille reprend de plus belle.

Et longtemps le choc aigu des verres semble rythmé par le bruissement lointain, assourdi, se perdant peu à peu, des cavaliers qui trottent là-bas sur les larges pavés de la route...

13

MES EXAMENS

DE FIN D'ANNÉE

Je pense aux soirs clairs de septembre, autrefois, il y a longtemps de celà, quand nous étions tout petits, dansant des rondes en nous tenant les mains.

Je pense au refrain poignant qui revenait à nos lèvres, comme l'adieu jeté aux vignes vendangées, à l'été mort, aux feuillages déjà rouillés :

> Nous n'irons plus au bois
> Les lauriers sont coupés !

Je pense à cette chanson de regret en relisant les notes que j'avais griffonnées sur un carnet après chacun de ces examens qui finissent la première année d'école...

Certainement, ce ne fut que le dernier passé, quand tous mes espoirs étaient détruits et pareils à la cendre d'une lettre flambée qui s'émiette dans la cheminée, qu'au dessus de tous les chiffres, j'écrivis ce titre enfiellé de douloureuses rancœurs :

— *Comment on rate la cavalerie malgré sa vocation !*

Palinodie instructive en six examens.

I. *Examen d'équitation.*

Lendemain de sortie... Grand diable de cheval qui trottait d'un sec... L'écuyer fait claquer sa chambrière. Désordre indescriptible. Les chevaux se cabrent, ruent, s'emballent... Le général inspecteur rit à se tordre les côtes dans la tribune... Je roule comme un tonton dans le sable de la piste... Début manqué !

II. *Examen d'art militaire.*

L'examinateur, un commandant d'état-major, sommeille pompeusement derrière ses lunettes... Questions étonnantes... Comparer le plan de la bataille d'Issus à celui de Marengo. Nombre de voitures d'un régiment d'infanterie japonaise sur le pied de guerre... Réponses de sourd-muet qui cherche à comprendre et n'y arrive pas. Résultats médiocres...

III. *Examen d'administration.*

De plus en plus fort. On se croirait chez Nicolet. Un bon vieux chef de bataillon du 145ᵉ qui pense à son déjeuner et regarde désespérément sa montre. Interrogations télégraphiques... Oui ; non. Non ; oui. Très bien. C'est cela. Je vous remercie. Note excellente. Je me demande encore ce qui m'a été demandé !...

IV. *Examen de géographie.*

Une étude de chemins de fer à rendre jaloux un ingénieur. Cela s'appelle aujourd'hui des routes d'invasions... On voit bien que les militaires payent quart de place.... Notions géodésiques trop rudimentaires. Déraillement sur toute la ligne...

V. *Examen de fortification.*

Tragédie. Le commandant du génie perd d'abord son épaulette. Puis, c'est le col qui lui remonte jusqu'aux oreilles. Il étouffe, devient cramoisi, n'écoute plus, ne voit plus la démonstration de Cormontaigne devant laquelle je patauge depuis vingt minutes. Effacez ! effacez ! monsieur... *Mini* déplorable...

VI. *Examen de topographie.*

Petit capitaine frisé, souriant, parfumé, décoré de croix étrangères. Fait ma caricature et n'interrompt pas la théorie palpitante que je développe sur le rôle de l'épingle dans les levés topographiques. Même note que tous les camarades...

Moyenne générale : dix ! Pour porter les basanes, il faudrait avoir quatorze. Hélas ! Hélas !

> Les lauriers sont coupés
> Nous n'irons plus au bois !

Et comment va me recevoir maintenant la petite cousine qui tenait tant à mon dolman bleu de ciel !

13.

Je n'ose y songer. Je n'ose rêver de ses lèvres roses qui vont s'entr'ouvrir peut-être au vol querelleur des rires, qui vont me redire comme un commandement moqueur :

— Vous l'avez voulu, cousin, cousin, vous userez vos souliers toute votre vie sur les grandes routes!

LE

ROMAN DES VACANCES

LE RÉVEIL

La servante a ouvert mes fenêtres.

Le soleil coule en ondées tièdes dans la chambre. Des guêpes bourdonnent et se heurtent aux plis des rideaux. Les branches des tilleuls s'agitent au dehors comme un éventail et bouchent l'horizon bleu. Les appels amoureux des oiseaux vibrent sous les feuilles. L'air est doux, trempé comme des fraîcheurs de l'aube. Il s'évapore de je ne sais où une vague embaumée de roses du Bengale...

Quel délicieux réveil !

Comme il est bon, les paupières lourdes, de paresser, de s'étirer sur l'oreiller, de res-

saisir une à une les impressions anciennes.
N'étaient ce pantalon rouge, ce képi à bande
bleue étalés en désordre aux barreaux d'une
chaise, j'oublierais presque l'École et cette
année qui est enfin rayée du calendrier.

Je ne songe plus déjà que les vacances
durent deux mois, deux pauvres petits mois.
Mes oreilles sont encore vibrantes des roulements rauques de tambours qui sonnaient
la diane, il y a si peu de jours encore....

La flânerie se savoure comme du fruit défendu !

Est-ce que le *bazof* ne va pas ouvrir la
porte brusquement et glapir de son accent
éraillé : — Quatre jours de clou, M'sieu !

Mais je n'entends que la voix de Madeleine.
sa voix moqueuse qui me crie du jardin :

— Bonjour, cousin. Est-ce que tu dors
encore, grand paresseux ?

Qu'elle est jolie ainsi, plus jolie peut-être
qu'hier soir dans sa claire toilette d'été, quand
si tendrement elle m'a tendu son front à la
gare !

Et je rêve d'une symphonie en rose majeur en la voyant toute rose avec ce pei-
gnoir d'une roseur de laque pâle, ce grand
chapeau de paille qui cache ses cheveux
blonds, passer dans les massifs de rosiers
dont elle effeuille les fleurs entre ses doigts
nonchalants...

LE PREMIER MOT D'AMOUR

Tous les vieux péchés ont été pardonnés, même les plus gros.

La campagne est si calme, si endormeuse dans ces premiers mois d'automne avec ses ciels d'un bleu ouaté, ses horizons traversés de fils neigeux et ses arbres qui se rouillent lentement, qu'on éprouve je ne sais quel engourdissement, quel besoin de se laisser vivre sans penser à rien...

Les jours se ressemblent d'ailleurs.

C'est le train-train coutumier de jadis, les mêmes visages familiers, — comme un salon tendu de tapisseries fanées où demeurent éternellement au même clou des portraits graves d'ancêtres.

Dans la soirée, on fait toujours le bézigue. Le capitaine Capdebiel triche un peu. La grand'mère n'est plus de la partie. La tremblottante lumière des bougies fatiguait ses yeux, et à neuf heures elle s'endort dans son fauteuil, la bouche entr'ouverte et ses grosses lunettes glissant un peu sur le nez.

Nous, sans rien dire, au milieu des quarante de mariage et des quintes d'atout, nous nous échappons sournoisement du salon, l'un après l'autre. Cousinette descend l'escalier la première. On se rejoint dans la grande allée du jardin, sous les cerisiers...

Quelquefois, quand il fait un de ces clairs de lune bleus qui illuminent le noir, nous allons devant nous, vers la lande. Les fougères sont mouillées de rosée. Il ne s'entend dans la nuit qu'un murmure assourdi comme une haleine de bête endormie, et très loin, très loin, les hurlements désolés des chiens bergers qui se répondent dans les pâturages.

14

L'air est un peu fraîchi. Madeleine se serre frileusement contre moi.

Nous nous contons des bêtises à dormir debout, et ses rires éclatent si vibrants, si perlés que l'on croirait entendre la chanson d'un rossignol étourdi qui aurait pris la belle nuit mélancolique de septembre pour une nuit d'avril...

Oh! que Saint-Cyr était loin, et que les jours passaient vite, ces jours emparadisés où nous jouions naïvement la comédie d'amour, comme les gamins qui se cachent derrière les rideaux pour se dire : Mon petit mari! Ma petite femme!

Comment le premier mot nous vînt-il aux lèvres, comment nos baisers d'enfant furent-ils plus farouches et comme troublés de cette vague angoisse de l'inconnu qui fait battre le cœur à coups plus précipités?

C'était une journée chaude, une de ces lourdes journées d'automne que l'été mort brûle de ses dernières flambaisons.

Nous nous promenions en bateau sur

l'étang qui dort dans l'ombre violette des aulnes, au fond du jardin.

Les feuilles jaunies retombaient. D'instants en instants, il s'en détachait une qui tournoyait longtemps comme un papillon d'or. Les insectes crécellaient dans l'herbe. Des roucoulements de ramiers errants s'échappaient des charmilles. Des bandes moirées d'un gris d'or coupaient la nappe reposée, immobile de l'étang. Les fleurs safranées des nénuphars s'ouvraient comme des regards curieux, et les poissons traçaient de larges ellipses argentées qui s'agrandissaient mystérieusement. J'avais laissé glisser les rames. Le bateau ne bougeait plus. Et ne sachant que dire, j'avais pris les deux mains de Madeleine dans les miennes. La paix suprême des choses nous enveloppait d'une douceur molle. Le roucoulement des ramiers était plus désirant. L'odeur forte de la campagne brûlée grisait.

— M'aimes-tu ? demandai-je très bas.

Elle n'osait pas me répondre. Pour la

première fois, les mots ne lui venaient pas.
Et toute rougissante, elle s'abandonna dans
mes bras, elle me tendit ses lèvres roses qui
palpitaient...

Le crépuscule baignait le jardin quand
nous revînmes à la maison. Nous ne nous
donnions plus le bras dans les allées. Et
lorsque la grand'mère avec son bon sourire
de vieille nous demanda :

— Eh bien? vous êtes-vous amusés, les
petits?

Madeleine répondit brusquement :

— Beaucoup! oh! beaucoup, grand'mère.

Et elle eut, en me regardant, un
rire nerveux qui découvrait ses dents
blanches...

Je songeais au souper du *pékin de melon*,
à ce cabinet particulier où nous avions, en
folle compagnie, enterré royalement la première année d'École, les camarades et moi.
Je me souvenais des dîneuses bêtes qui sa-
blaient le champagne avec nous, du froufrou
des robes, des chignons roux, des plaisante-

ries sales, de la grande glace hiéroglyphée
de noms en *a* et de dates entrelacées.

Et plus fort, plus chastement, le parfum
de l'idylle amoureuse me remontait aux lèvres comme la saveur des framboises sauvages qu'on a croquées à chaque buisson, le
long des taillis...

LES LIVRES DÉFENDUS

La maison dort jusqu'au coucher du soleil.

Toutes les persiennes sont closes. Les glycines et les rosiers pendent fanés, languissants, comme des bouquets oubliés. Le ciel a des blancheurs aveuglantes. On dirait une coulée d'argent figée sur une draperie indigo. Et la chaleur est tellement forte, tellement oppressante, que les pelouses semblent fumer, que la terre a des tressaillements silencieux...

Aucun bruit ne s'élève de la basse-cour. Les poules se roulent dans les étroites bandes d'ombre, le long des murs. Un recueillement morne, une paix de cimetière inondé de clartés emplit la campagne muette.

La maison dort; grand'mère dans le salon, dodelinant de la tête contre les oreillettes de son immense fauteuil. Des ronflements de chantre honnête s'échappent par instants de la chambre paternelle.

Il n'y a d'éveillé que cousinette et moi, et pour être bien seuls, pour mieux savourer cette solitude tranquille où personne ne viendra nous importuner, nous nous verrouillons dans la bibliothèque.

Que d'après-midi délicieux me rappellera toujours cette vieille bibliothèque avec ses amoncellements de bouquins poudreux qui s'écroulent, les rayons de soleil qui filtraient paresseusement entre les lamelles des persiennes et venaient accrocher leurs éblouissantes paillettes aux ors fauves des anciennes reliures, au rouge fané des rideaux de lampas.

Les meubles se noyaient dans une lumière très vague, — une ombre à peine teintée de jour qui faisait ressembler la pièce étroite à quelque laboratoire mystérieux, abandonné depuis des siècles.

Le fond était barré par une chaise longue de style Louis XVI, aux bois fouillés d'enguirlandements, à la soie un peu usée, mais d'une nuance vert-tendre au milieu de laquelle s'effeuillait une jonchée d'églantines pâles.

Cousinette s'asseyait habituellement sur ce meuble et me faisait une petite place auprès d'elle. On entr'ouvrait les volets, et je reprenais le livre commencé à la page cornée la veille...

L'odeur des choses anciennes s'évaporait dans l'atmosphère tiédie se mêlant aux aromes agonisants des fleurs sauvages, qui se flétrissaient lentement devant la cheminée.

Nous lisions paresseusement appuyés l'un contre l'autre. Sa blonde tête semait des fils d'or à mon épaule.

Elle était si curieuse, la chère adorée. Elle aimait tant les livres défendus dont les petites pensionnaires se chuchottent les titres à la dérobée en se promenant deux à deux sous les tilleuls du couvent.

Comme je ne savais rien lui refuser, mauvais et bons, nous les lisions tous!...

Parfois, entre les chapitres, se nichaient des vols de baisers, des questions tellement embarrassantes que j'en perdais tout mon latin. Et lorsque les vers chantaient un psaume d'amour, quand les phrases devenaient plus ardentes, avec ces inflexions inconnues, où l'on croit entendre les battements précipités de deux cœurs affolés, il lui prenait des mines de chatte gourmande, qui hésite à tremper sa frimousse rose dans une jarre de lait, des frissonnements soudains de tout son être et des regards éperdus, mouillés de désir qui semblaient demander : « Encore! » au lecteur qui essayait de passer certaines pages et qui ne le pouvait pas.

Alors, le livre glissait sur le plancher, et nous nous trouvions innocemment les lèvres sur les lèvres, sans savoir, sans vouloir, ne souhaitant que rester ainsi embrassés toute l'éternité humaine.

Est-ce que cela ne valait pas les plus triomphantes rimes et les scènes les plus vécues ?

Elle raffolait des poèmes exquis, des *Intimités* si pleines de charme, que Coppée semble avoir écrit pour les femmes, pour les blondes surtout. Mais son bréviaire préféré, le livre qu'elle reprenait sans cesse et me remettait dans les mains, c'étaient ces sublimes *Contemplations* où Victor Hugo a mis toute son âme, a fait vibrer toutes les notes du clavier humain.

Le livre était frangé aux marges de cassures indépliables. Il s'ouvrait familièrement de lui-même à certaines strophes que nous savions par cœur...

Et nous rêvions les choses impossibles, nous évoquions la vision profondément paisible et calme qui hante le poète :

Nous fuirions ; nous irions quelque part, n'importe où,
Chercher loin des vains bruits, loin des haines jalouses,

Un coin où nous aurions des arbres, des pelouses,
Une maison petite avec des fleurs, un peu
De solitude, un peu de silence, un ciel bleu,
La chanson d'un oiseau qui sur le toit se pose,
De l'ombre ; — et quel besoin avons-nous d'autre chose ?

En ce temps, je croyais aux amours qui ne finissent jamais ; je croyais aux hirondelles qui reviennent en avril poser leur nid aux mêmes toits ; je croyais à la petite maison noyée dans les feuillages et les jeunes floraisons, où l'on se laisse vieillir en s'aimant à cinquante ans comme on s'adorait aux heures blondes de la vingtième année. Cousinette y croyait comme moi...

Que ne sommes-nous restés au fond de la vieille bibliothèque où nos caresses se prolongeaient avec tant de douceur, où la lumière semblait une ombre à peine teintée de jour...

DINETTE D'AMOUREUX

Aujourd'hui, nous nous sommes levés, à pointe d'aube, en vrais paysans. Une idée de Madeleine. Mon petit cousin par-ci, mon petit cousin par-là, si nous allions déjeuner au moulin, ce serait si gentil, et on vous aimerait tant.

Que répondre à cela, quand on devine un baiser à la fin de la phrase ? Prendre le baiser, aller demander la permission aux parents qui bougonnent un peu et disent oui quand même, bâiller le lendemain et chausser ses bottes de sept lieues...

Voilà pourquoi, au petit jour, bras dessus bras dessous, les deux amoureux que vous savez prenaient le sentier qui longe la rivière jusqu'au moulin d'Habélijas.

Deux pas, mais les plus jolis qu'on puisse faire entre l'eau qui bruisse et les bois d'où s'exhale l'odeur des feuilles mortes.

Il avait plu la nuit.

Les toits lavés par l'ondée luisaient dans le rayonnement rose de l'aurore. Pareils à des taches de lait éparses sur les ardoises, des pigeons se becquetaient et lustraient leurs ailes. Les saules frissonnaient sur les pentes herbeuses de la berge. Et les gouttelettes glissant des feuilles frileuses traçaient dans l'eau des cercles couleur de perle. Une buée légère flottait sur la lande, violemment déchirée par la cape rouge d'une fille qui gardait des vaches. Comme un rideau aux plis énormes, les Pyrénées transparaissaient par delà les bois et les collines, vaguement ensevelies dans les azurements floconneux du ciel.

Les champs s'éveillaient. Le gazouillis des pinsons semblait un murmure de brise frôlant les feuillages mouillés. La roue du moulin tournait, et le tic-tac des palettes jetait son rythme régulier dans le ruissellement assourdi de la chute d'eau. Et tout cela faisait une musique claire et réjouissante, une agreste symphonie imprégnée des griseries robustes du grand air, à travers laquelle se diffusait l'éclat de rire bruyant du moulin...

Nous nous étions arrêtés. Nous nous taisions tous les deux, troublés par je ne sais quelle anxieuse oppression, et le bras de Madeleine pesait plus fort contre le mien.

Ses cheveux humides de la rosée matinale me chatouillaient les joues. Des tendresses nous venaient au cœur, et nous ne pensions plus ni à regarder l'admirable paysage, ni à la promenade au moulin...

Elle me contemplait de ce regard perdu qui semble figé d'angoisse.

— Tu ne sais à quoi je pense, André, dit-elle brusquement, d'un ton saccadé. Je pense que rien n'est plus malheureux au monde que d'être une petite fille, que d'avoir dix-huit ans, et je voudrais jeter au courant cinq années de nos deux vies comme j'y jette ces cailloux !

Et, de son pied impatient, elle poussait nerveusement dans l'eau les pierrailles du chemin...

Aucun pourquoi ne sortit de mes lèvres fermées.

J'avais compris qu'elle m'aimait, que ses oreilles écoutaient déjà le frais cantique que carillonnent les cloches aux jeunes épousées, et l'immense orgueil de ceux qui sont adorés me faisait palpiter le cœur à le briser....

Ce fut un déjeuner ravissant, ce déjeuner du moulin, buvant dans le même verre,—un gros verre à facettes contemporain du Vert-Galant et picorant avec une fringale d'écoliers qui ont couru l'école buissonnière, dans la chaude garbure qui fumait sur les assiettes à ramages.

Je m'arrêtais à tout propos pour la regarder manger, tant elle était drôle et gamine, tandis qu'elle blanchissait ses lèvres rouges dans la crème et que ses doigts de marquise épluchaient les framboises et les noisettes cueillies par nous dans les taillis.

Nous éclations de rire sans aucune raison, de ces rires fous, étincelants, qui se calment soudain et repartent semblables à des fusées. Et la meunière riait de nous voir rire d'aussi bon cœur.....

Au retour, il faisait grand soleil. Des plaques d'or lumineuses traversant les feuilles dansaient sur la poussière des chemins. A mesure qu'on s'éloignait, on n'entendait plus qu'un murmure monotone et confus, comme le froufrou d'une robe de soie qui eût traîné derrière nos pas.

— Nous y retournerons, n'est-ce pas ? cousinette chérie, — suppliai-je dans son oreille mignonne que le soleil dorait de reflets estivaux.

Elle me répondit non, du bout des lèvres avec cette moue gamine qui la rend si adorablement jolie; mais c'était un non très-bas, à peine distinct, un non moqueur que démentaient malgré elle ses regards amis et mouillés de tendresse.....

Je ne la laissai pas continuer.

Mes baisers effrontés lui fermèrent la bouche et la forcèrent à dire oui.....

Et nous y sommes retournés depuis, bien, bien des fois.

FLANERIES D'OCTOBRE

Octobre. Le mois des crépuscules embrumés que traversent de sangloteuses plaintes; le mois des buissons dépouillés auxquels pendent des chapelets de baies rouges; le mois d'agonie où les grands arbres grelottent aux fraîcheurs de l'aurore, où les nids violés font de rondes taches noires dans l'entrelacement violet des branches nues.

Les fossés n'ont plus de boutons d'or ni de marguerites. Seules, les chrysanthèmes, les fleurs de deuil que les affligés suspendent pieusement aux grilles des tombeaux, s'entr'ouvent frileusement dans le jardin.

Les couchants maintenant ont des ensan·
glantements cuivrés, des bleuissements de
turquoise, et, vers l'Orient, passent des
bandes d'oiseaux qui s'enfuient à tire-d'aile
avec des clameurs éperdues.....

La mélancolie profonde de l'arrière-saison
entrait dans nos âmes comme par des affi-
nités secrètes, et il y avait des larmes, une
angoisse inquiète dans nos baisers d'alors
qui s'attardaient, s'appuyaient plus longuement qu'autrefois.

La porte de la bibliothèque restait fermée,
et l'antique chaise longue se morfondait
dans l'ombre à raconter nos petits péchés aux
fauteuils boîteux qui voisinaient avec elle.

Nous n'osions plus regarder le calendrier
implacable dont les feuillets disparaissaient
de jour en jour. L'idée cruelle de la séparation prochaine mêlait son amertume à nos
heures de plus franche joie.

Sait-on en effet ce que réservent les lendemains d'amour, les lendemains d'apothéose,
et le fabliau des *Deux Pigeons* n'est-il pas

l'histoire éternellement décevante des pauvres diables qui ont cru aimer?

Nous n'y pensions pas toujours, heureusement.

L'insoucieuse chanson des vingt ans nous étourdissait de sa ritournelle bruyante.

Nos flâneries lentes à travers champs devenaient plus longues, et nous n'arrivions au logis qu'au milieu du dîner, n'osant pas montrer le bout de notre nez dans la salle à manger où les parents attendaient, la mine renfrognée.

Des jours, nous pêchions à la ligne, au bord de l'étang. La gaule pendait paresseusement entre les roseaux, et le bouchon de liège avait beau s'enfoncer dans la nappe verdâtre que les herbes tapissaient de leurs onduleuses chevelures, nous rentrions le panier vide, sans aucune carpe, sans aucune tanche, sans même un modeste et maigre goujon.

L'étang endormi dans l'ombre violette des aulnes ne nous rappelait-il pas le pre-

mier aveu, la première étreinte amoureuse,
et pouvions-nous, dans ce décor, songer à
autre chose qu'à notre églogue chaste et
presque enfantine?

D'autres fois, nous errions par les bois,
secouant les noisetiers, nous barbouillant
les lèvres du sang violet des mûres. On
se lavait à la première source rencontrée.
Madeleine, toujours un peu coquette, mirait
dans la coulée limpide sa tête décoiffée par
les branches. Nous buvions quelques gouttes
dans le creux de la main et l'on reprenait le
voyage, chargés d'une lourde gerbée de
menthes humides et de ces reines-des-prés
qui fleurent l'anis...

Souvent, au retour, le soleil couché, lorsqu'il ne restait plus que de larges bandes
roses barrant l'horizon, que les ombres s'allongeaient démesurément, nous montions
sur ces massives charrettes qui rapportent
la fougère au village, traînées par des bœufs
roux. Et, étendus sur le dos, nous nous
enfoncions dans cette litière toute saturée

encore des âpres émanations de la lande brûlée.

Nos yeux n'apercevaient plus que le vaste ciel éclairé par la lune naissante comme d'une blême lueur de veilleuse, et, autour de nous, la brume qui descendait enveloppant d'infini la muette immensité des champs.....

L'odeur fermentée des fougères coupées, cet isolement de nous, le heurt grave des sabots des bœufs contre les cailloux, le balancement rythmique de la charrette nous donnait l'illusion d'un voyage endormeur sur quelque golfe aux eaux profondes et paresseuses, un voyage romantique bercé par le clapotis des avirons.

Et nous ne désirions plus rien que très loin, très loin, comme un écho affaibli, un peu de musique, une complainte bramée par un pâtre, n'importe quoi qui aurait chanté et nous eût mis des larmes dans les yeux.....

NOS VOISINS

Les gens qui n'ont jamais connu d'autre campagne que les bicoques en carton de la banlieue, où trois maigres acacias s'étiolent au-dessus d'un jet d'eau et d'une pelouse aussi lépreuse qu'un vieux paillasson d'antichambre, M. Prud'homme et Mme Benoîton bâillent désespérément quand ils sont condamnés à entendre une autre chanson que celle des orgues de barbarie et que les pépiements bavards des pierrots, à voir de vrais bois, profonds, rayés de sentiers qu'envahissent les ronces, de prairies bien vertes à travers lesquelles vaguent paresseusement les troupeaux aux pieds lents.....

Ils se bouchent le nez pour ne pas respirer l'âcre effragrance des fenaisons éparses et toutes ces odeurs saines, violentes, qui ragaillardissent, qui semblent être l'haleine du grand ciel bleu, immobile et splendide.

Et la première question qu'en arrivant chez vous ils posent d'un ton maussade est celle-ci :

— Y a-t-il des voisins ?

Des voisins ! C'est-à-dire, transporter la bête et banale comédie humaine dans le décor sauvage où les êtres intelligents devraient pouvoir oublier leur langue et leurs mœurs. Troubler le chant des fauvettes par quelque inepte quadrille d'Hervé tapé sur un piano désaccordé depuis feu Spontini. Accrocher des chiffons de soie aux épines farouches des ronciers auxquels pend encore la laine jaune des brebis. Et murmurer des fadaises la bouche en cœur, devant une gardeuse d'oies en guenipes sales qui chante à plein gosier dans son patois des refrains brutalement enamourés.

Hélas! notre modeste petite maison, si discrètement enfouie derrière ses charmilles épaisses, si peu bruyante et comme si ensommeillée, n'a pu échapper à la contagion du voisinage. Les voisins pullulent ainsi que vermine au désespoir de grand'mère dont leurs fréquentes visites dérangent les bonnes siestes d'après-midi.

Dieu sait si les malédictions, les plaintes ennuyées remplissent le logis de la cave au grenier, lorsqu'on attelle la vieille jument grise à notre vieille carriole détraquée pour aller porter des cartes chez les uns et les autres.

La tournée commence par les Saint-Laury. Une paire de hobereaux imbéciles flanqués de deux filles maigres qui pincent de la harpe.

On y boit un aigre sirop d'orgeat, et cousinette me tend invariablement son verre pour le finir.

Puis la carriole repart le long des chemins fangeux, grinçant des essieux, pleurant des

ressorts aux nombreuses ornières qui la ca-
hotent de hue et de dia.....

On arrive chez les Pesquidoux. La famille
Gigogne, avec un tas de mômes qui man-
gent des tartines de confitures et essuient
leurs doigts poisseux aux pantalons des visi-
teurs. Sirop de groseille.....

Tellement de sirops partout que Madeleine catalogue les voisins par sirops.

Les Pontauvert, sirop d'oranges, les Flo-
ressac, sirop de coings. Les Magleize, sirop
de menthe.

Enfin, les Tardeilhan qui n'offrent rien, si
ce n'est de ci, de là, un verre de vin d'Espagne où l'on trempe religieusement un bis-
cuit vermiculé.

Ils habitent une gentilhommière reblan-
chie dont les toits d'ardoises pointent au-
dessus des verdures sombres d'un parc planté
par Le Nôtre. Très riches, très parcheminés,
persiflant volontiers les petites gens d'alen-
tour et n'ayant qu'un fils, un grand blond
pâle qui marche vers la trentaine et tue

stupidement le temps en attendant son héritage.

Je ne sais par quel sentiment instinctif je déteste cet homme, bien qu'il soit d'une affabilité parfaite.

Lorsqu'il bavarde avec Madeleine, contant les mille bêtises sans queue ni tête qui sont la monnaie courante des· conversations, j'éprouve au cœur une cuisante brûlure qui me brise. Je ne les quitte pas du regard, je ne perds pas un seul sourire, une seule de leurs paroles, et je reste dans mon coin, morose, inquiet, renfrogné comme les graves portraits d'ancêtres qui grimacent sur les boiseries.....

Quand je vivrais cent ans, je ne l'oublierais jamais ce salon immense où j'ai souffert pour la première fois de ce mal amer de jalousie qui est en amour le revers de la médaille.

Les rideaux étaient perpétuellement tirés; — le demi-jour étant favorable aux rides de Mme de Tardeilhan. Des boiseries Louis XV, où des amours folichonnaient, dégringolant parmi des chaînes de roses ; — et sur des tapis usés jusqu'à la trame, trois lévriers noirs qui reposaient, le mufle allongé, courbés en des poses hiératiques comme en un bas-relief grec les chiens de Diane la blonde.....

Je ne l'oublierai jamais le salon des Tardeilhan où commencèrent les pages douloureuses de mon roman bienheureux, où je me suis réveillé de mon rêve, de ce sommeil reposant, si tranquille, si doux, que je comparais ma vie à l'histoire naïve de cette princesse, belle comme le jour, qui dormit de si longues années, engourdie par la baguette des fées, au fond de son manoir inviolé.....

MARIAGE MANQUÉ

I

Deux lettres!

Monsieur le commandant Verchère. Habé-lijas.

« *Mon cher commandant,*

« *J'ai failli endosser habit noir et cra-vate blanche, et venir vous surprendre aujourd'hui en ce solennel costume; mais, toutes réflexions faites, j'aime mieux vous écrire avant de tenter auprès de vous aucune démarche sérieuse.*

« *Vous devinez certainement ce dont il s'agit. Aussi, je vais droit au fait.*

16.

« *Mon fils aime à deux genoux votre charmante nièce, et puisque vous êtes son tuteur, j'ai l'honneur de vous demander sa main.*

« *Bien que les questions d'intérêt ne doivent pas jeter leur note discordante dans cette fraîche histoire d'amour, je crois cependant pouvoir vous dire que je reconnaîtrai à mon fils, en se mariant, une dot de trente mille francs de rente.*

« *Henry désire qu'il ne soit aucunement question dans le contrat de la dot de mademoiselle Verchère, et il attend avec une humble soumission l'irrévocable arrêt que lui dictera la jolie bouche de Mademoiselle votre nièce.*

« *Veuillez déposer mes respectueux hommages aux pieds de ces dames, et croire à l'expression de mes sentiments profondément dévoués.*

« Marquis DE TARDEILHAN. »

Monsieur le marquis de Tardeilhan, en son château de Tardeilhan.

« *Cher monsieur,*

« *Nous avons été fort surpris, vous le comprendrez sans peine, de la demande dont vous voulez bien honorer notre famille.*

« *Nous considérions tous encore Madeleine comme une petite pensionnaire à peine échappée des cloîtres de son couvent, et voici que nous nous apercevons soudain que ses robes sont longues, qu'elle est devenue femme, et que son nez curieux subodore peut-être déjà le parfum capiteux des fleurs d'oranger.*

« *Nous avons craint une trop forte émotion pour la chère enfant en lui apprenant sans ménagement la grosse nouvelle, et la grand'mère la préparera peu à peu à dire oui ou non.*

« *J'aime à espérer qu'un oui peut seul sortir de ses lèvres, et que nous pourrons*

*être bientôt très heureux du mutuel bonheur
de nos deux enfants.*

« *Veuillez ne pas m'oublier auprès de
monsieur votre fils, et faire agréer mes
respectueux souvenirs à la marquise de
Tardeilhan.*

« *A bientôt, cher monsieur. Recevez l'as-
surance de ma meilleure amitié.*

« C{t} Verchère. »

II

Je me suis sauvé, tête nue, droit devant
moi, la cervelle vide comme celle d'un fou
avec des besoins de crier très fort, de briser
quelque chose dans mes mains, de sangloter
à perdre haleine.

Est-il possible que ce soit déjà fini, au
premier chapitre, que la bien-aimée appar-
tienne à un autre qu'à moi pour l'éternité
humaine?

Je n'ai pas eu le courage d'écouter plus

longtemps ce qui se disait au salon, d'entendre discuter l'avenir de cousinette.

Nous étions si tranquilles, si oublieux du monde extérieur et de tout ce qui n'était pas nous, jusqu'à cette fatale lettre du marquis de Tardeilhan.

Ils demandent Madeleine en mariage pour leur fils. Union parfaite sous tous les rapports. Des écus au soleil. Un nom qui sonne altièrement. Madeleine sera une marquise très heureuse, et je dois dire tant mieux sur le ton réjoui des autres!

Je n'ai rien dit. J'ai prétexté n'importe quoi, et me voilà enfin tout seul dans ce trou de feuilles que les buissons couvrent de leur ombre ténébreuse...

Qu'est-ce donc que j'attends si anxieusement?

En ce moment, on lit la lettre à cousinette. Grand'mère, parents, amis, tout le monde se met de la partie pour l'importuner de conseils, faire miroiter à ses yeux l'avenir doré qui s'offre, la presser de dire oui.

Elle pâlit. Des frissons passent dans toute sa chair. Qui sait ce qu'elle va leur répondre ?

Je voudrais ne plus penser, vaguer par les champs comme ces innocents qui sourient d'un continuel sourire de bête...

Oubliera-t-elle nos jeunes serments ? Oubliera-t-elle l'enivrant baiser sur le bateau, le premier baiser d'amour qui me cuit encore aux lèvres ? Oubliera-t-elle les lectures charmeuses, le calme parfumé de la vieille bibliothèque, où, comme un duo suave, les vers sonores chantaient leur musique à travers les caresses ?

O mes jeunes, ô mes chers souvenirs, que vous êtes loin !

Les idylles ne sont-elles pas pareilles à ces fleurs cotonneuses qui sèment les prairies de taches blanches à la mi-juin et que le moindre souffle emporte et brise ?

A quoi bon se tordre les poings et glapir des élégies ?

L'amour est décidément la plus vaste bêtise qui se puisse imaginer !

Cousinette a fini par dire oui d'une voix un peu moqueuse et énervée. M. Henry de Tardeilhan va passer ses journées à la maison maintenant. Les fiancés chercheront les coins d'ombre, les charmilles solitaires pour mieux cacher leur émoi aux regards indiscrets...

Mais le mois en est à ses derniers feuillets, et je ne serai pas condamné à voir, à entendre cette grotesque bouffonnerie qui me ferait trop rire. Je ne serai pas condamné à entendre l'insipide français que le maire salivera sur la tête des jeunes époux et le latin embarrassé que bredouillera le curé entre deux coups de goupillon...

Au diable les grands airs sérieux dont il faudrait se farder le visage! Au diable les bonshommes corrects qui se casseront en des saluts raides à la sacristie ! Au diable la joie qui palpitera dans toute la maison, en ce jour d'épousailles...

Qui vient interrompre mes jérémiades? Les branches craquent, s'écartent et, comme une apparition de miracle, la tête blonde de cousinette apparaît souriant de toutes ses quenottes blanches dans ce cadre de verdure rouillée...

— Je suis très fâchée, s'écrie-t-elle boudeusement. Depuis une heure, je vous cherche partout, et si je ne m'étais doutée un peu que vous seriez là...

Je ne réponds pas. Les paroles ne me viennent plus et cette gaieté me fait mal...

— Vous ne savez plus m'embrasser? continue-t-elle en me tendant ses lèvres roses.

Les baisers ne me reviennent plus, les fougueux baisers qui mêlaient nos haleines, hier encore.

Elle a sauté dans le fossé. Elle est près de moi, ne riant plus, les regards trempés de larmes inquiètes...

— Mais qu'as-tu donc ce soir, réponds-moi?

— Ce que j'ai, Madeleine. Crois-tu que je puisse tout oublier en une heure et rire comme toi de voir notre amour brisé à jamais?

Alors, elle me prend les deux mains gravement, et d'une voix très lente, d'une ineffable tendresse :

— Je comprends, dit-elle, tu as pensé que j'accepterais cette demande de mariage, que les Tardeilhan n'avaient qu'à faire tinter leurs écus pour m'affoler la cervelle. Que n'es-tu resté au salon pour entendre ma réponse, tu aurais cru peut-être en mes promesses, tu n'aurais pas douté de moi...

Je me suis agenouillé dévotement à ses pieds. En l'écoutant, il me semblait boire le vin doux qui coule du pressoir après les vendanges.

— Pardon, cousinette, pardon, ai-je murmuré, je souffrais tant et tant.

Nous nous sommes enlacés en une étreinte ravie.

— Je t'aime pour toujours ! jurait tout bas Madeleine.

Et comme le répons d'une litanie d'adoration, je répétais :

— Pour toujours !

La nuit tombait.

Il ne restait plus au ciel du soleil agonisant qu'une nappe cuivrée qui tachait l'horizon assombri, ainsi que d'une traînée de sang. Les champs étaient muets, pâmés dans une sérénité silencieuse. On eût dit que Sirius, dont la clarté de cierge frissonnait déjà dans le crépuscule, avait entendu notre serment infini, tant son regard blond semblait attendri et comme maternel...

Nous étions à cette heure absurde qu'on bénit,
Où l'on croit que tout passe et que l'amour demeure,
Où l'on arrange son avenir comme un nid.
Pauvres, pauvres enfants, nous étions à cette heure
Où l'on commence avec ce mot : Rien ne finit! (1)

(1) Jean Richepin. *Les Caresses.*

L'ANNÉE DE DÉLIVRANCE

APRÈS LE CONGÉ

En a-t-il des marches, des marches et des
marches cet interminable escalier de la gare
Montparnasse!

Et lorsqu'il faut le monter au retour du
pays, la cervelle encore grisée de toutes les
chères choses disparues, le cœur battant
mélancoliquement au souvenir de quelque
fraîche amourette effeuillée en pleine floraison, quand les lèvres se sentent à peine
détiédies des derniers baisers de la famille,
c'est alors surtout qu'il semble dans l'aube
louche une grimpette morne conduisant vers
le je ne sais où dont on ne revient pas...

Les schakos seraient-ils métamorphosés en éteignoirs?

Personne ne se parle, ne s'accoste.

On dirait que ni les uns, ni les autres ne se reconnaissent plus dans cette retraite lente, sans appels de clairons, sans têtes redressées, où le demi-jour brouille confusément les notes grises des sacs-à-linge et la mêlée rougeâtre des pantalons. Et ce piétinement lourd de souliers, ce tumulte de foule avachie fait rêver de grands troupeaux vaguant, lassés et inquiets, aux pentes pierreuses d'une colline...

En bas, dans les cafés, les plus éreintés sommeillent philosophiquement sur les banquettes devant une tasse à demi-vidée qui fumaille. Les patères sont surchargées de sabres, de schakos pendus au petit bonheur. Et en face de la pendule, un garçon, blême, débraillé, sentant encore le lit, contemple d'un regard fixe les aiguilles qui tournent monotonement...

La gaieté ne renaît que dans la salle d'attente comme si la flambaison du gaz rallumait les étincelles envolées. Les mains se serrent cordialement. On remue de nouveau la cendre mal éteinte du passé qui date d'hier. Chacun commence quelque gourmande histoire de femmes qu'il ne termine point pour mieux écouter celle qui est contée par le voisin.

Dans les coins, entre amis, les effusions sont plus discrètes, plus imprégnées de l'odeur du terroir, plus vibrantes de cet accent natal qu'on entend autour de soi avec tant de jouissances. Chapitres très intimes, presque émus, qui radotent de la maison close, des parents qui pleuraient malgré eux au départ, et des adorables petites cousines qui rêvent du cousin absent, à cette heure matinale où leurs blonds cheveux inondent l'oreiller d'une nappe d'or...

Mais la grande question, celle qui délie les langues les plus morosement muettes, qui soulève les plus amusantes plaisanteries, c'est la question des brimades. Car l'année

de melon est morte et enterrée. Les plumets
vous ont un petit air déluré, crâne, qui
prouve un nouveau baptême. Et, d'avance,
on se gausse de tous ces pauvres diables de
melons qui sont peut-être alignés déjà, le
long des tilleuls moisis de la cour Wagram
flagellée des bises. On les voit, les mains
dans le rang, gauches, laids, engoncés dans
leurs uniformes neufs, tremblant de froid et
d'émotion, avec des mines caricaturales et
navrées. Et, cet éclat de rire aidant, les tris-
tesses, les désenchantements, la fatigue
même qui tout à l'heure pesaient d'un poids
si lourd sur ces marches interminables de
Montparnasse, disparaissent peu à peu gué-
ries comme d'un frôlement d'ailes de bonne
fée.

A sept heures, les wagons sont ouverts.
On se précipite sur l'embarcadère, le cœur
ranimé, des chansons railleuses dans la
voix...

A l'horizon, le ciel chante une symphonie
en rose majeur que les moineaux accompa-

gnent de leurs pépiements éperdus dans les marronniers du boulevard.

De sa voix enrouée, Martillac ne cesse de crier :

— Messieurs les anciens, en *Crampton*, si vous plaît !

Et, si je m'en souviens bien, cousinette, je crois que j'avais un peu oublié à ce moment, même l'étang avec sa barque endormie dans l'eau verte, même les baisers furtifs si vite échangés derrière les portes, même vos larges yeux cernés qui cachèrent tant de larmes parmi les plis blancs de votre petit mouchoir brodé...

Je vous avais un peu oubliée, mais je connais un saint-cyrien qui ne se vantera jamais de ce beau trait à la Plutarque !

L'INFIRMERIE

———

Un paysage rabelaisien, cette infirmerie, sommeillante, calme, pleine de grasses odeurs de cuisine et si bien close derrière ses murs épais, dont les vieilles pierres s'effondrent sous l'enlacement fougueux des lierres...

Dans les molles tiédeurs de l'avril nouveau, quand les lilas dressent indiscrètement leurs grappes rosées par-dessus la grille, quand, entre les branchages à peine teintés d'un pâle frottis de laque verte, ses cheminées sans cesse empanachées de fumée, ses toits d'ardoise où roucoulent au cou-

chant des vols de pigeons blancs et sa mas-
sive silhouette se profilent sur les fonds
tendrement bleus du ciel, on attend le carillon enroué de Thélème appelant au réfectoire les moinillons dodus et replets.

Cette paisible Thébaïde est nichée au
bout, tout au bout de l'École, derrière le
marchfeld, derrière les jardins, dans un
coin solitaire dont rien ne vient troubler le
silence recueilli, ni les roulements rauques
du tambour, ni les commandements enroués
des exercices.

Seulement, des tas de merles qui sifflent
moqueusement dans les arbres; des convalescents en large houppelande de flanelle
fredonnant une chanson du bahut ou la
dernière gaudriole entendue — un jour de
sortie, — dans quelque beuglant des Champs-
Élysées; et, à l'heure crépusculaire de l'an-
gélus, des cantiques psalmodiés par les
bonnes sœurs dans leur microscopique ora-
toire...

Les bonnes sœurs de l'infirmerie! Elles

ont toutes leur nom de guerre comme de vrais troupiers chevronnés.

La plus vieillotte, d'abord, la sœur *Vieux-Bahut*, qui en a vu, qui en a vu, et qui branle tant le chef sous les ailes retombantes de sa coiffe. Et la jolie sœur *Paufine*, si blanche, si douce, qu'on eût dit, lorsqu'elle égrénait son rosaire à genoux, une de ces saintes inviolées que les primitifs ont peint sur fond d'or telle qu'une floraison mystique de lis...

Et la sœur *Cordon-Bleu,* qui vous cuisinait de ces pommes de terre frites si croustillantes, si rissolées, de ces crèmes dorées qui sentaient inéluctablement leur péché capital...

Et la sœur *Vincent* qui, chaque matin, marmottait une façon de prière commune au milieu du dortoir où chacun ronflait magistralement. C'était elle aussi qui suivait le docteur dans sa visite, qui demandait un jour de grâce pour le pauvre carottier irrémédiablement menacé de reprendre son

service. Et le médecin principal cédait toujours avec son sourire bonhomme.

— Vous encouragez leurs péchés, ma
sœur, c'est très mal ! disait-il, et il ajoutait
se tournant vers le caporal infirmier : Allons !
même traitement... demi-trois quart ! café !...

C'était elle qui enfouissait dans ses poches
les *Figaro* oubliés sous leur oreiller par
des imprudents et les cartes, les maudites
cartes surtout, lorsque le pas lourd du capitaine de service craquait dans les escaliers.
La pauvre femme a-t-elle dû en confesser de
péchés à l'aumônier pour ces petits garne-
ments de saint-cyriens qui lui mettaient
l'âme en peine !

Detaille trouverait un bien spirituel motif
de tableau dans la visite journalière du
médecin. La toile de fond, d'abord. Une
salle propre, inondée de soleil avec des traî-
nes de tapis qui amortissent le bruit des pas.
De chaque côté les lits· bien alignés, les
tablettes avec leur timbale de tisane...

Le médecin enveloppé d'un immense

tablier passe escorté de la sœur et de deux infirmiers qui tiennent des registres et des médicaments. Assez souvent inutiles d'ailleurs, les médicaments! car les malades de l'infirmerie rendraient des points au malade imaginaire de Molière.

On n'a pour s'en convaincre qu'à décrocher les planchettes numérotées suspendues à la tête de chaque lit. Que lit-on derrière?

— Patouillet (1998). Promotion de la colonne, a carotté avec succès pendant huit jours l'embarras gastrique chronique.

— De Montalvin (3521). Promotion de Mentana, a supporté stoïquement pendant toute l'inspection générale des rhumatismes articulaires qui n'ont jamais rien pu articuler.

— Chênelart (2005). Promotion du schah. Quatre séjours. A su avoir successivement toutes les maladies connues et à connaître.

Et ainsi de suite. On dirait le répertoire de Diafoirus scandé de tintamarresques quolibets.

Ver solitaire qui résiste à toutes les racines

de grenadier. Langues qui ne veulent pas déblanchir. Fièvres chroniques et surtout le sempiternel embarras gastrique, revenant comme un répons monotone dans cette maladive litanie d'hôpital...

Aussi, dans les longues études où les paupières se closent alourdies de sommeil sur des livres indigestes, dans les exercices où le fusil pèse plus lourdement à l'épaule, dans les repas coutumiers où les couteaux s'ébrèchent dans la viande, c'est vers l'infirmerie que se tournent les regards suppliants, que les désirs partent à pleines volées, ainsi que vers le pays du Kief éternel et des béates paresses...

S'il ne se rencontrait dans le jardin un vieux sergent moustachu qui fait les cent pas, la pipe aux lèvres, et de ci de là quelques pantalons rouges vaguant dans les couloirs, il serait impossible de se croire encore à l'École.

La vie extérieure ne franchit pas la grille bouchée de vastes plaques de tôle.

Une fois qu'on est entré, l'hier est
oublié. On ne pense à rien qu'à se laisser
vivre douillettement, placidement, du matin
au soir en robe de chambre et en bonnet
de coton, comme n'importe quel bourgeois
bête ; qu'à manger et à boire à ventre
déboutonné et qu'à dormir, à dormir les
bons sommes ininterrompus dont on est
réveillé doucement par le clair soleil de
midi s'émiettant entre les lamelles des
volets...

Il n'est plus question de Saint-Cyr, de
tout ce qui s'y passe, et des chefs, que pour
les parodier en dérisions folles, en une mas-
carade militairement organisée.

Les anciens se partagent les grades d'un
pseudo-état-major. Le doyen des malades
est général, faisant journellement son rapport, — un rapport qui est la réjouissante
copie de celui du commandant de l'École,
— passant des revues où les manches à
balai servent de fusils et un vulgaire torchon
enluminé, de drapeau, décrétant des fêtes

·nationales durant lesquelles des acteurs improvisés jouent des charades, et tout le répertoire en vogue...

Peu de choses sont aussi pouffantes que ces représentations. Les accessoires se composent de bouchons charbonneux. Les artistes féminins se bâtissent un sexe à renfort d'oreillers et de ouate. Et la pièce marche, enthousiastement applaudie, même lorsqu'il s'agit des *Trente millions de Gladiator* qu'il nous prit idée d'écorcher, un soir fantasque de juin, tellement trempé d'averses que nous ne pouvions aller fumer des cigarettes sous les charmilles feuillues du jardin...

Et les jours *d'appel des condamnés,* lorsqu'il faut relever l'ancre pour quitter le pays de la *flemme,* en endossant à nouveau sa tenue coutumière qui exhale d'âcres relents d'armoire, les jambes s'alourdissent, titubantes, paralysées d'une soudaine fatigue comme celle des convalescents qui tentent leurs premiers pas au grand air libre après une longue et cruelle maladie, et cahin-caha,

on redescend l'allée de tilleuls qui mène à
l'École, portant religieusement dans sa main
le graisseux cornet de *frites* envoyé par les
camaros de l'infirmerie aux pauvres camaros déshérités qui triment au bahut!

LE PELOTON DE PUNITION

— Martillac ?

— Sent !...

— Champdoré ?

— Sent !

— Pellaroque ?

— Sent !

— Navailles ?

— Présent !

— Verchère ? Verchère ? Voyons, répondrez-vous aujourd'hui ou demain, monsieur Verchère ? Deux jours de plus pour s'être fichu de son adjudant !

— Sent !

Ce qu'il faudrait pouvoir rendre, ce sont les inflexions diverses que le mot : « Présent » prend au sortir de chaque bouche.

On dirait le dialogue d'une vieille scène jouée pour la centième fois et que les acteurs articulent en bâillant, d'une voix lassée.

Les mois passent au calendrier. Le ciel est tantôt bleu comme une mer calme, tantôt gris comme un plancher mal balayé. Mais pas plus que les répons monotones des litanies, ne changent les noms que débite l'adjudant sans même regarder sa pancarte graisseuse...

Grâce à ces incorrigibles réfractaires, le peloton de punition ne devient pas un inutile épouvantail dont les melons les plus timorés se gausseraient en haussant les épaules et se poussant du coude...

Aussi, la dernière bouchée du dessert avalée, la bande grimpe au dortoir, boucle sac et ceinturon, noue la genouillère et décroche le fusil du ratelier. Puis, quatre à quatre, on dégringole dans la cour Wagram, où le tambour a déjà raboté ses trois roulements et le bazof commence l'appel.

Et, devant la marquise des anciens, contre la baraquette en planches dans laquelle un photographe opère de midi à une heure, sans garantir aucune ressemblance, les élèves punis s'alignent machinalement la boucle close, les uns tirant les dernières bouffées d'une cigarette, les autres achevant un vieux bout de croûton emporté du réfectoire...

Tandis qu'ils attendent appuyés sur le canon de leur fusil, des chansons bruissent d'un bout à l'autre de la cour, des camarades se.prélassent étendus sur les bancs, culottant leur pipe dans un nimbe de fumée blonde, et par la porte ouverte à deux battants du marchfeld, toute une traînée de désœuvrés qui tirent la jambe monte vers le petit bois dont les frondaisons vertes se détachent vigoureusement dans la lumière crue de midi...

Il serait si agréable d'imiter les autres, d'emporter son roman commencé à l'étude de neuf heures, dans un trou de feuillages au fond duquel on se sentirait absolument seul, isolé de tous et de tout; on oublierait une heure durant que l'École est à deux pas et qu'on est encore saint-cyrien jusqu'à la mi-août.

Il serait si bon de se rouler dans les herbes fraîchies; d'écouter bourdonner les insectes et chanter les rossignols, près des nids; de flâner par les étroites allées, si obscures qu'on se croirait sous des berceaux de clématite que le soleil trempe d'une pluie d'or; de baigner sa tête et ses mains brûlées dans la claire fontaine qui s'égoutte au pied des arbres, toute verdie ainsi qu'une cressonnière sauvage...

Sera-t-on condamné à décomposer le maniement d'armes jusqu'à la fin de la récréation ou à s'enrouer lamentablement en commandant les mouvements de l'escrime à la baïonnette?

L'évangile du vieux Bahut en décide autrement dans sa haute sagesse, et les melons doivent savoir cet évangile à livre ouvert!

A mesure que l'appel s'avance, les anciens débouclent leur fourniment d'un air indifférent. Du coin de l'œil, ils guettent les melons qui passent tranquilles, les mains dans leurs poches. Et les interpellations commencent à mi-voix, vives, gouailleuses...

— Psstt, Psstt, ms'ieu! crie Martillac. Arrivez donc, mon ceinturon doit vous aller dans la perfection...

— Dites là-bas, le grand blond, prêche Navailles, vous n'êtes pas encore assez blasé sur le maniement du flingot pour ne pas en apprécier la haute portée...

— Pas gymnastique, ms'ieu Bazar, glapit Champdoré, la Providence vous réserve l'honneur de sacrifier votre récréation à un ancien innocent!

— Cela vous sera compté au Paradis, insiste Pellaroque.

Et à peine le bazof a-t-il tourné les talons pour aller rendre l'appel, le changement à vue s'exécute plus habilement que dans le théâtre le mieux machiné.

Les melons entrent dans le rang, attifés
tant bien que mal et faisant un nez d'une
longueur insondable. Puis, sournoisement,
la tête baissée, enfouis dans la fausse manche de leur pauvre diable de remplaçant, les
habitués du peloton se défilent à larges
enjambées, rasant les murs comme des vo-
leurs qui viennent de commettre un mauvais
coup.

Ils ne respirent librement qu'au fond du
petit bois. Alors commencent des gambades
folles sur l'herbe. Les rires sont si aigus
qu'ils font envoler farouchement les oiseaux,
et narguant l'autorité, le contre-appel qui
pourra le faire monter tout à l'heure à la
salle de police en compagnie des autres
échappés, Champdoré déclame avec le geste
triomphal de Robert-Macaire :

— Enfoncés, les bazofs !

LA SALLE DE DANSE

(Lettre à Mme la marquise de Maintenon)

Supposez un tout petit instant qu'un jour pluvieux, à midi, vous soyez venu revoir, marquise, l'adorable pavillon où vibrent peut-être encore dans les plis épais des tentures quelque pompeuse rime de Racine ou quelque aveu passionné du Roi-Soleil.

Vous passez lente, endeuillée, dans les immenses corridors que le brocard de votre robe salue de froufrous altiers. Gageons que vous vous arrêterez brusquement, les lèvres plissées d'une moue étonnée devant la porte entrouverte de cette salle au fond de laquelle un violon gratte des airs de danse datant au moins de la Chaumière....

Que diriez-vous donc si votre main blanche poussait complètement la porte et comme vous regagneriez vite alors votre douillet fauteuil du Paradis. Comme vous évoqueriez douloureusement les ballets royaux que vos chères pensionnaires traversaient de leurs robes blanches à plis droits, les yeux pudiquement mi-baissés, savantes en l'art des pas nobles et des belles révérences ; les menuets de Lulli où la ritournelle des violons traînait en un rythme si caressant, si attendri que les oreilles en étaient chatouillées ainsi que par un baiser.....

Tout passe hélas ! marquise, même les blanches pensionnaires, même les menuets, même les gavottes exquises et ceux qui dansent aujourd'hui à Saint-Cyr sont des écoliers gauches apprenant ce qu'ils voudraient bien ne pas ignorer.

Car vous ne savez pas les miracles que

peut amener en notre siècle prosaïque un co-
tillon bien conduit chez son général, une
valse timidement demandée à sa colonelle
qui se croit obligée de rougir en acceptant
et qui n'en double pas moins cependant le
cap désastreux de la quarantaine.

Vous ne savez pas qu'au pays doré où
fleurissent les héritières laides et coupero-
sées, la comédie matrimoniale débute par
trois polkas (la seule danse de ces demoi-
selles) inscrites sur un carnet et finit par
deux signatures accolées sur un registre de
mairie.

Eux le savent bien, marquise !

A vingt ans, comme des vieux, ils ont déjà
un programme casé dans leur cervelle
étroite, les pauvres désirants qui suent à
grosses gouttes, qui se trémoussent désespérément sous l'archet vainqueur de ce Vestris
retiré des affaires.

Leur supplice volontaire recommence tous
les jours, à la même heure. Et tous les jours,
à la même heure, cette poupée antique coif-

fée à l'oiseau, ce petit corps fluet qui disparaît dans les plis noirâtres d'une redingote
noire, il y a bien, bien longtemps, ce violoneux macabre vient pour quelques sous
leur prodiguer ses conseils d'aïeul et leur
gratter toutes les danses, même la scottish
de nos arrière-grand'mères...

Ah! marquise, marquise, quand vous re-
verrez le bon Dieu, contez-lui donc un peu
cette lamentable histoire pour qu'ils épou-
sent avant leur mort des femmes bien laides
et bien riches et qu'ils deviennent des généraux bien bedonnants, bien bêtes et bien es-
timés !

Ainsi-soit-il, n'est-ce pas ?

L'OMELETTE TOPOGRAPHIQUE

Ces jours-là, au dortoir, personne ne carotte les trois minutes de sommeil prohibé.

On se presse affairé, du lavabo où l'on ébauche un brin de toilette, à la case au fond de laquelle il s'agit de dénicher le carton à dessin, les crayons et aussi le morceau de langue fumée qu'un complaisant voisin a rapporté de Paris, la sortie dernière.

Avant de partir, tout le monde s'arrête au réfectoire pour remplir le bidon de café et les poches d'épais tortillons de pain. Et le soleil rosant à peine le gris perle du ciel, quatre par quatre, à la queue leu-leu, der-

rière l'officier qui les commande, les escoua-
des d'anciens franchissent la porte du quartier de cavalerie et traversent le village.

Les volets des maisons sont clos. Les
chiens aboient. Dans l'indécise clarté du
petit jour, on dirait une procession de troupiers qui passent portant allègrement d'é-
tranges ex-voto à une église lointaine...

Chaque camarade est chargé d'un instru-
ment. Les uns ont les planchettes, d'autres
la chaîne d'arpenteur et la mire dont les
carreaux rouges et blancs luisent de reflets
métalliques.

Quatre pas et on débouche dans n'importe
quel chemin étroit, enverduré de toutes les
herbes de la Saint-Jean et que des deux côtés
les seigles noient dans leur houle dorée...

Mène-t-il à Rome comme ses confrères :

Mène-t-il seulement vers un pays idéale-
ment topographique, bien plat, bien uniforme, où les courbes sont inconnues et les
maisons clairsemées ?

Mène-t-il peut-être à quelque agreste

guinguette dont l'enseigne décolorée par les averses se balance aux quatre vents, dont les tonnelles sont en fleurs et la cheminée couronnée d'une vrille bleuâtre de fumée ?

Rencontrera-t-on au détour une servante forte et rouge qui lave ses verres dans un baquet d'eau limpide et de ses grasses mains servira tout à l'heure le vin clairet pétillant et mousseux qui désaltère les gosiers les plus assoiffés ?

L'officier qui est chargé de diriger le travail nous l'apprendra bientôt. Il est le *Deus ex machinâ* qui, à son gré, rend la matinée plus joyeuse qu'une école buissonnière à travers champs, quand les fraises rougissent dans les couverts feuillus et que l'incertaine chanson des nids se répond d'arbre en arbre; et aussi plus morose, plus stupide qu'une étude d'été pendant laquelle on attend l'heure de la colle en luttant obstinément contre le sommeil lourd qui s'appesantit sur les paupières...

Hâtons-nous de dire que presque toujours

tout se passe en chansons, en omelette et en bonnes sommeillées sur les bottes de foin, à l'ombre des pommiers.

On s'arrête à la première auberge que l'on découvre.

L'attirail topographique est remisé en désordre dans un coin de la grande salle comme un paquet de meubles inutiles.

Et on s'attable alors en chœur, les coudes sur la nappe blanche qui fleure la fraîche lessive et des relents vagues de lavande sèche.

On charbonne des caricatures frondeuses à travers le papier empoicré du mur, tandis que l'omelette grésille sur la poêle, que les guêpes entrent bourdonnantes par les fenêtres ouvertes au large, dans des bouffées de vent tout embaumées d'une odeur musquée de roses et que bruit le pich-pich du vin que l'aubergiste tire au cellier....

Quels déjeuners ! Le riboteur curé de Meudon eût voulu être de la partie et remplir aussi goulûment sa panse que nous emplissions les nôtres creusées par l'air vif du matin.

Les miches disparaissaient en un clin d'œil, les chapelets de saucisses s'égrénaient un à un. Les œufs succédaient aux œufs dans la poêle. Et le fromage de Brie. Et les biscuits. Toute l'auberge était en branle. Tout le monde courait, patron, patronne, servante, gamins, qui chez le boulanger, qui chez le voisin le plus proche. Des bouteilles vidées s'envolait en bachiques chansons l'âme joyeuse du vin. Les toasts se mêlaient plus extravagants, plus drôlatiques les uns que les autres. On portait la santé de l'hôte qui venait trinquer contre nos verres. On faisait monter la servante sur la table comme une géante dont on veut lutiner les mollets. Et lorsqu'enfin on était gavé, la tête alourdie, le ventre tellement plein que les boutons en sautaient, chacun de son côté dévalait dans le verger fauché de la veille pour dormir béatement jusqu'à l'heure du retour.,..

Vous croyez certainement que le travail

topographique se noyait au fond de ces beu-
veries, que les feuilles collées sur les planchettes étaient rapportées à l'École vierges
de tout dessin ? Erreur complète, car il se
trouvait chaque fois dans l'escouade un de
ces *pompiers malheureux* qui ne savent pas
rire et bûcheraient devant le Père Éternel...

Celui-là opérait consciencieusement le levé
pour les autres et le décalquait encore plus
consciencieusement sur les planchettes des
camarades. Et non moins consciencieusement
à son tour, l'officier prodiguait à tous sur
son carnet de notes, à la rubrique « Appli-
cation »; très bonne; bonne ; parfaite !....

PAYSAGES

Je me suis demandé bien des fois après
ces facéties de topo pourquoi les maîtres
paysagistes ne venaient pas planter leur om-
brelle et leur chevalet dans ces environs de
Saint-Cyr qui sont le plus ravissant coin de
nature qui se puisse imaginer.

Je rêvais, les yeux mi-clos, d'y nicher
la petite maison désirée, la maison avec
des volets verts, des feuilles et de l'ombre
fraîche dont nous parlons continuellement,
cousinette et moi? Et je redisais tout bas
la plainte sangloteuse qui s'échappe dou-

loureusement des lèvres pâlies de la Mignon de Gœthe :

C'est là ! C'est là auprès de toi que je voudrais vivre !

Tantôt, c'était sur les pentes herbeuses de Bouviers, contre l'auberge du *Soleil-Levant* où tant de noms de promotions et de saint-cyriens sont gravés sur le papier de la salle. Notre mur eût disparu parmi les vignes folles des tonnelles, parmi les grands rosiers jaunes de l'enclos et les poutres peinturlurées en vert qui soutiennent la balançoire eussent curieusement regardé chez nous. Nos fenêtres auraient entrevu par-dessus le feuillage luisant des pommiers, l'immense vallée moutonneuse et bariolée de plaques d'or, ses lointains bleuâtres, ses bois verdissant l'horizon de leurs masses houleuses et les clochers aigus, les toits violets des hameaux.

Et, entourés de toute cette verdure, saturés du plein air robuste et sain, nous eussions vécu les adorables chapitres de *Monsieur, Madame et Bébé*, nous les eussions vécu qui sait jusqu'aux derniers, sans que notre enlacement idyllique fût troublé par les fâcheux, sans entendre d'autre musique que le duo des fauvettes et des abeilles....

Tantôt, je bâtissais mon « *at home* » devant l'étang de Saint-Quentin. Les vagues glauques se seraient brisées contre les marches de pierre du perron. Les sommeils eussent été bercés par le gémissement sourd des roseaux.

Et par les crépuscules d'octobre où le ciel voilé est encore ensanglanté par l'agonie du soleil, nous nous serions attardés au balcon, en voyant les arbres à demi dépouillés incliner sur l'eau leur chevelure rousse, les tourbillons de feuilles mortes emportées par la bise et les bandes de canards sauvages s'abattant dans les herbages de la berge avec des clameurs stridentes....

Et le plus souvent enfin, mon rêve s'oubliait dans cette étroite clairière des bois du Désert au milieu de laquelle s'écoulent les sources de la Bièvre.

20

Oh ! ce paysage d'églogue virgilienne,
les arbres énormes qui laissent filtrer entre
leurs frondaisons un jour pâle, teinté de laque
verte, les houblons qui enlacent leurs lianes
fantasques aux troncs moisis de lichens et
l'eau limpide qui susurre sur un lit d'herbes,
qui disparaît dans le fouillis des capillaires,
des cressons, des reine-des-prés, des flèches
d'eau. Et ce grand silence majestueux de
solitude où les oiseaux même chantent en
sourdine, cette fraîcheur très douce qui fait
songer au vers du poète :

Hic gelidi fontes, hic frigus captabis opacum.

Est-ce que les apparitions idéales que Co-
rot voyait onduler dans les demi-teintes du
soir, les nymphes des forêts aux chairs
blondes comme les vierges d'Henner, est-ce
que les faunes moqueurs ne sont pas cachés
dans les couverts obscurs, attendant que
nous soyons passés pour reprendre leurs
danses rythmiques aux sons cristallins de

la flûte de roseaux que le dieu Pan anime de son souffle inspiré ?

Il me semble que les baisers de la chère bien-aimée m'eussent été plus doux, plus exquisement enivrants au fond de ce sous-bois presque ténébreux et j'aurais voulu, cousinette, y passer des heures avec vous, voir votre robe blanche transparaître dans l'épaisseur des taillis comme la draperie immaculée d'une hamadryade.

J'aurais voulu nous courber sur les fraisiers empourprés et prendre à votre bouche rieuse les fraises sœurs de vos lèvres !....

J'écrivais tout cela au pays et les parents me répondaient invariablement :

— Tu ferais bien mieux de travailler un peu ta topographie !

LE DIMANCHE DES CONSIGNÉS

———

Les légendaires tentations de saint An-
toine, les souffrances éternisées du pauvre
païen Tantale n'étaient rien en comparaison
de ce qu'éprouvent chaque dimanche les
malheureux qui sont consignés...

Le supplice commence dès le réveil.

Les camarades, qui ont leur permission
en poche, se lèvent avant la claironnée de
la diane, et on est condamné à les voir
s'astiquer, se pomponner, se parfumer,
brosser, rebrosser leur uniforme, à les
entendre bavarder sur tous les tons de
l'excellent déjeuner qu'ils vont se payer chez

Durand, du beuglant où l'on ira bâiller une heure, des belles petites aux noms de romance, qu'ils accompagneront au Bois. Et patati... et patata...

Puis, c'est le silence morose qui suit le brouhaha confus des élèves sortis, les portes qui se referment, et la cour Wagram qui paraît plus immense, plus morne avec la vingtaine d'élèves éparpillée aux quatre coins.

A dîner, on mange du bout des lèvres. L'éternel bouilli a des amertumes qui écœurent, et il n'est pas possible de noyer son spleen au fond de la maigre timbale de vin que le gouvernement veut bien verser à ses futurs officiers.

Après, une récréation qui n'en finit plus, et durant laquelle à la salle des jeux, les décavés cherchent à tromper leur ennui en d'interminables parties de billard, et les autres perdent leur argent à jouer un baccara inédit avec de graisseux dominos.

Une étude de quatre heures où on a le temps de s'endormir sur un román stupide et de se réveiller une douzaine de fois pour le cacher dans sa fausse manche.

L'étude terminée, on court, on se bouscule pour arriver bon premier aux paniers de *cornard* qu'un gargotier fripon vend sous le zinguot.

Les mains pleines de gâteaux desséchés et de pâtés rances, on va s'asseoir à trois ou quatre dans un coin obscur de la cour pour lamper la liqueur vitrioleuse d'une bouteille achetée en contrebande.

Lugubre pique-nique ! On mange, on boit, sans articuler une parole, sans trouver le mot pour rire qui déride les fronts les plus assombris...

Et, à la nuit tombée, on remonte, la tête basse, dans le dortoir vide, où le bruit des pas sonne lugubrement.

On se couche avec des flâneries lentes, contemplant malgré soi d'un mélancolique regard tous ces lits blancs qui s'alignent comme abandonnés....

Heureusement, le sommeil ne met pas si

longtemps à clore les paupières lassées, et à
l'heure tardive où reviennent avachis, éreintés, de méchante humeur, les camarades qui
sont sortis, les pauvres consignés rêvent
béatement qu'ils ne sont plus saint-cyriens,
qu'ils ont l'épaulette impatiemment désirée,
et qu'ils connaissent enfin tout l'inconnu
désiré de ce cher Paris, de la terre promise
qui si longtemps leur a été fermée !...

GALETTES D'ÉTÉ

Que ce soit en l'honneur du bon Dieu ou de ses saints, d'un schah quelconque ou d'un simple ministre de la guerre, elles sont les bienvenues ces rares sorties galettes, où les portes de l'École sont ouvertes à deux battants, où les punitions sont biffées d'un bénévole trait de plume.

Elles sont les bienvenues, surtout pour ceux qui passent des mois et des mois sans entrevoir d'autre perspective que les lointains bleuâtres des bois de Rocquencourt, que l'immense cour Wagram si morne, si déserte les dimanches où les amis sont partis

radieux et les lèvres élargies par un sourire
de joie...

C'est le matin d'une galette — au dortoir —
qu'on reconnaît bien tous les malchanceux
habituels, tous les condamnés à perpétuité.
Ils n'ont pu fermer les yeux de la nuit, car
le brouhaha tumultueux de Paris bruissait
déjà dans leur cervelle grisée. Leurs camarades se levaient quelques minutes avant le
réveil. Eux sont levés au premier blanchis-
sement de l'aube qui chasse les étoiles et le
noir.

Ils étalent sur la planchette du lavabo des
savons de toutes sortes, des flacons de tous
les parfums. Ils usent un cosmétique entier
à se coller les cheveux, à ébaucher une raie
informe sur leur crâne tondu. La veille, ils
ont mis la boutique de Bulle au pillage. Ils
ont acheté ses gants les plus souples, son
ylang-ylang le moins ranci. Leurs bottes
ont des luisants de couvert neuf. Leurs effets
sont méticuleusement brossés et astiqués.

Ils sont les premiers descendus dans la

cour, battant impatiemment de leurs talons
les pavés frangés d'herbes poudreuses, re-
brossant à chaque instant de la manche le
plastron de leur tunique, courbant leur plumet de façon cavalière sur la visière du schako. On n'entend autour d'eux qu'une envolée
de paroles réjouies, de conversations rapides
où il est question de dîners extravagants, de
parties au bord de l'eau, de Grenouillère,
de chanteuses de beuglant. Leurs narines
épanouies semblent subodorer déjà l'odeur
mouillée de la rivière, les robustes senteurs
de la campagne et aussi le fumet appétissant
qui s'échappe des cuisines de restaurant...

Et quelles clameurs, quelle allégresse fré-
nétique, quelles chansons folles lorsque le
train s'ébranle, se sauve à toute vapeur vers
Paris!...

Il ne flâne pas en route et on est très vite
arrivé; heureusement pour les melons qui
passent les trois quarts d'heure du voyage à
faire, soit une fantaisiste gymnastique dans
le filet du wagon, soit des réflexions philoso-

phiques sous les banquettes où ils ont été forcés de s'étendre.

Quelquefois même, la brimade devient plus inédite. Ils doivent se déshabiller complètement, au milieu des éclats de rire des anciens et faire la case réglementaire avec un soin très minutieux sur le champignon. A chaque coup de tampon, l'édifice fragile s'écroule, ils recommencent avec une patience angélique, et il arrive souvent qu'ils sont encore en chemise quand on salue les fortifications en psalmodiant sur l'air des lampions : *Conspuez les barbettes!*

C'est à ce moment que le contrôleur met le nez à la portière. Les huit billets du compartiment lui sont présentés à la pointe d'une épée bayonnette et il va de wagon en wagon, bougonnant de vagues insultes entre ses dents, interpellé par les élèves qui l'appellent : M'sieu Crampton.

Le train n'aurait pas besoin de s'arrêter. Lorsque la machine stoppe dans la gare, il ne reste plus personne dans les wagons.

Tous les saint-cyriens ont sauté des marchepieds et courent à perdre haleine vers les nombreux fiacres alignés à la queue leu leu, le long de la rampe glissante qui descend au boulevard Montparnasse.

Deux minutes après on n'aperçoit plus un plumet blanc et rouge. Ils sont partis comme un vol d'oiseaux vagabonds, les uns vers Robinson chevaucher des montures dignes de don Quichotte et manger des cerises sous les arbres, beaucoup d'autres vers Bougival, patauger dans les eaux boueuses de la Grenouillère et se donner des ampoules en canotant. Beaucoup aussi vont ébaucher des amours de cinq minutes, des passions qui durent à peine l'espace de deux sorties. Quelques-uns passeront leur journée en famille. Et le plus grand nombre s'entassera l'après-midi aux *Ambassadeurs* ou dans un autre beuglant des Champs-Élysées.

Je n'ai jamais compris, pour ma part, ceux qui allaient ainsi déchirer leurs gants à applaudir les contorsions canailles d'une chanteuse maquillée, ou le gâtisme de quelque vieux cabotin usé qui se pavane prétentieusement devant cinq ou six femmes dont les toilettes violentes semblent étendre au bas des glaces une large tapisserie japonaise, et qui barytonne, avec de grands gestes, une romance fade ou une chanson pseudo-patriotique. Le soleil flambe là-dedans et tiédit les boissons frelatées de l'établissement.

Je préférais cent fois m'embarquer avec les amis habituels, dans une de ces mouches qui rayent perpétuellement la Seine d'un long sillage blanc et rose. Les charmantes rencontres qu'on faisait si souvent sur le pont ! Les étonnants paysages qui se déroulaient jusqu'à l'arrivée au Bas-Meudon ou ailleurs !

Et comme le décor imposant de Paris était admirable, quand il nous apparaissait au retour, noyé dans la splendeur du couchant ! Les galettes d'été furent les deux plus douces dates de mes deux années d'école. Les dates qu'on se rappelle en souriant, lorsqu'on rencontre un ami d'autrefois, qu'on évoque les bonnes parties où l'on croquait des fritures sous les saules, au bord de l'eau verte, où l'on buvait un tantinet de ce petit vin d'Argenteuil qui grise si vite, et qui laisse aux lèvres l'âpre parfum d'un baiser de fillette.

LE SUPPLICE DE TANTALE

Huit heures. Le dîner est à peine fini. On s'essuie une dernière fois les lèvres qui gardent encore gourmandement une exquise saveur de fraises sucrées.

Voici l'instant où il serait si bon de s'asseoir à une table de café, sur le boulevard, d'allumer un cigare, de rêvasser longtemps en suivant d'un regard perdu la fumée blonde qui monterait vers les feuilles retombantes des marronniers, de boire sa tasse de café, les coudes sur la table de zinc, avec des flâneries qui n'en finiraient plus.

Et, pendant des heures, on regarderait

comme le défilé d'une procession bariolée ce
continuel grouillement de foule affairée et
curieuse qui traîne sur le macadam jusqu'au
milieu de la nuit. On écouterait le rythme
régulier des omnibus, le tumulte sourd qui
semble l'haleine d'une géante pâmée, tous
ces bruits innommés qui sont la basse étrange
des nocturnes parisiens. Et peu à peu les
paupières s'alourdiraient, fatiguées par le
perpétuel papillotement du gaz, des couleurs
fausses, par les reflets venus on ne sait d'où
qui accrochent des luisants jaunes aux
colonnes Morris, par la vision de ces pas-
santes aux robes criardes, aux fauves chignons, au masque blafard, campées en des
poses attirantes dans le coup de lumière que
diffusent les devantures illuminées. Alors,
par les rues désertées, presque silencieuses,
la tête découverte, les tempes rafraîchies par
les tiédeurs humides de la pleine nuit, on
rentrerait chez soi, on attendrait le moment
reposant du sommeil, les fenêtres ouvertes
au large, en lisant quelque délicieuse fan-

taisie de poète dont la chimère s'est égarée au pays des comètes, ou un de ces livres remués de passions qui troublent et donnent des songeries amères...

Mais tel n'est pas le lot du saint-cyrien. Après huit heures, les plumets rouges et blancs n'ont plus le droit de se montrer sur le boulevard. Montparnasse est loin, la locomotive du train y siffle peut-être déjà les premières mesures de la retraite. Et à l'heure où Paris s'amuse, on saute du restaurant dans n'importe quel fiacre découvert....

— A Montparnasse, cocher, et au galop !

— On y va, mon officier !

Le supplice commence d'autant plus énervant que la rosse trotte cahin-caha avec des arrêts subits et une lenteur désespérante. Ce sont d'abord les boulevards où l'on croise des voiturées bruyantes de femmes, où les cafés ouverts débordent sur le trottoir, ainsi que des corbeilles trop pleines, où les gamins glapissent des titres de journaux au seuil des théâtres auréolés de quinquets.

Puis, la place de la Concorde. Des parfums
de tilleuls en fleurs s'évaporent du grand
jardin solitaire des Tuileries. De l'autre côté,
on dirait d'un feu d'artifice éclatant, fusant
d'un bout à l'autre des Champs-Élysées. A
l'Alcazar, des trompes sonnent une fanfare,
un hallali fantastique de chevauchée nocturne
qui flotte à travers les arbrisseaux épais des
massifs; des rythmes sauteurs de pantomime
équestre s'échappent du Cirque-d'Été. Le
roulement continu des voitures descendant
l'avenue se mêle au sanglot voilé des grands
jets d'eau débordant des vasques de bronze
sur la place...

Il semble qu'un vol errant de lucioles se
soit abattu dans l'épaisseur noire des arbres.
C'est un poudroiement de lueurs changeantes
qui dansent au fond des ténèbres rouges,
tour à tour pâlissant comme de blêmes reflets
de lune et étincelant comme les astres des
larges constellations. Et la flambaison des
lanternes multicolores, les langues jaunes
des réverbères, les guirlandes de gaz qui cou-

rent le long des cafés-concerts, les feux de Bengale roses éparpillent au-dessus de la promenade ensommeillée une brume rougeâtre qui ternit la voûte sereine du ciel...

La Seine est toute noire. Des sonneries de cloche tintent le long des quais. Les bateaux-mouches rayent la nappe calme de la rivière de longues traînées rouges qui s'enfoncent à des profondeurs infinies....

De l'autre côté de l'eau, on se croirait dans un quartier de Versailles, tant le silence est morne, tant le boulevard des Invalides est abandonné.

Bonsoir Paris ! De plus heureux pourront applaudir l'*Amant d'Amanda*, de moins assoiffés lamperont des bocks au café Riche ; de moins éreintés se pavaneront dans leur huit-ressorts autour du lac, les saint-cyriens vont se coucher comme les poules.

Bonsoir Paris !

TRAIN DE SAINT-CYR!

———

Que de bras doivent se dresser au ciel,
que d'interjections prudhommesques doivent
éjaculer les bons bourgeois et leurs épouses
qui reviennent de la campagne — après une
chaude journée passée à se gaver d'œufs
durs et à lire son journal sous les grandes
ombres murmurantes des arbres, — si,
d'aventure, dans la nuit, le train de Saint-
Cyr croise les nombreux trains de banlieue !

L'arche de Noé filant à toute vapeur sur
les rails ne laisserait pas derrière sa passée
un sillage plus tumultueux, un brouhaha
plus sonore. Cris d'animaux, fusées ardentes
de chansons entonnées en chœur par des

chantres en goguette, appels aigus à travers lesquels frémit le coup de folie des troupeaux lâchés aux champs après de longs mois d'étable. Il y a de tout cela et plus encore dans la grandissante clameur qui domine les sifflements de la locomotive, qui trouble longtemps les rossignols dont les trilles amoureux pleuraient dans les feuillages endormis, qui ouvre les fenêtres des maisons et fait hurler désespérément les chiens errants par la campagne.

Ce train joyeux de mardi-gras ne s'arrête que deux fois, à Bellevue et à Versailles.

A Bellevue, les habitants sont rangés contre les barrières, bouche béante, mêlant leurs lazzis aux plaisanteries poivrées des Saint-Cyriens.

Et sur tous les tons, de tous les wagons, avec l'accent de Marseille, de Toulouse et de Quimper-Corentin, s'échappe alors la légendaire exclamation qui se transmet de promotion en promotion :

— *Cul sur le bahut, madame Dubois!*

D'où vient ce cri ? Pourquoi le pousse-
t-on ?

Chacun serait fort embarrassé de l'expli-
quer; mais on ne s'arrêterait jamais à Bellevue sans saluer la gare de la phrase classique.

A Versailles, le bruit est calmé. Le sommeil clot déjà bien des paupières.

L'École est si près et l'on ne rouvre plus
les lèvres que pour lui lancer, pareil à un
défi, la complainte du *Pékin de bahut.*

> Dans deux mois, la douce espérance
> Deviendra la réalité
> Nous serons officiers de France
> Potassant l'immortalité !

Saint-Cyr ! Tout le monde descend de
voiture !

La grimpette pierreuse qui dévale de la
gare entre deux haies de jardins, est remplie de gamins. Tous portent des lanternes
en papier et il faut les entendre mendier d'un
accent piteux :

— N'oubliez pas le p'tit éclaireur, mon officier, si vous plaît!...

Le sou donné, ils glapissent tout ce qu'on veut : Pékin de bahut, vive la cavalerie, vivent les marsouins!

Et dans les ténèbres on dirait de loin, en voyant ces lumignons danser au milieu du noir, un vol égaré de lucioles cherchant pour se poser quelque verger où les pommiers sont en fleurs.....

LES CANONS DU PÈRE PHILIPPE

Une maison blanche, d'aspect très honnêtement bourgeois, les fenêtres ouvertes sur
le polygone, une vigne vierge grimpant à
l'assaut du toit et devant la porte, des lapins
gris broutant avec tranquillité de luisantes
feuilles de choux entre des bombes ventrues
et des boulets rouillés empilés en tas régu-
liers...

Des gabions pourris dans lesquels foisonnent les orties s'éventrent le long des murs.
Et au milieu de ce cadre placide, un vieux
« marchi » d'artillerie qui fume une pipe d'é-
cume culottée jusqu'à l'ambre.

Grand, sanglé dans son uniforme râpé, — l'uniforme de 1849, — avec des moustaches grisâtres taillées en brosse, le teint violacé comme par des saouleries anciennes et des rides profondes qui couturent le visage de balafres...

C'est le père Philippe au seuil de son logis.

Et plus loin, sous le toit de ce vaste hangar, les canons qui semblent sommeiller, la gueule en avant comme ceux des Invalides, ce sont les joujoux que le bonhomme doit surveiller, nettoyer et livrer aux élèves quand ils se métamorphosent en artilleurs à la mi-juin.

Le père Philippe est avec Coquardeau le dernier survivant de ce qui fut le vieux Bahut, et ce serait le cas de répéter le fameux vers :

Et ces deux grands débris se consolaient entre eux!

Car ils ne radotent jamais du temps passé qu'avec une mélancolie profonde et des regrets poignants...

Combien se sont couchés sans funérailles pour dormir l'éternel sommeil, soit dans les vignes de Solférino, soit dans les jungles du Mexique, soit dans les plaines de Lorraine, de ceux auxquels il vendait en cachette des petits verres de raide et apprenait le maniement de l'écouvillon !

Lui, le vieux, reste à son poste, toujours droit, toujours fidèle à sa vieille tenue du régiment et à ses chers canons, et il ne cessera de commander : « *A bras en avant !* » que le jour barré de deuil, où les croque-morts de leurs mains graisseuses exécuteront le mouvement avec son cercueil...

ARTILLEURS DE DEUX SOUS!

Je me souviens, chez nous, — autrefois, —
de m'être, à l'heure où nous sortions du collège, mêlé aux badauds ahuris dont la foule
se pressait autour d'un de ces musicos ambu-
lants qui jouent en même temps de plusieurs
instruments.

La tête se tortillait ébranlant un chapeau
chinois, les lèvres soufflaient dans une flûte,
les mains jouaient de l'accordéon, les coudes
de la grosse caisse, et tout cela faisait un
vacarme assourdissant et discord que les
caniches errants scandaient de leurs faméliques hurlements...

Le saint-cyrien qui termine sa seconde
année d'école est un peu pareil à ces hommes-
orchestre.

Il lui arrive, dans la même journée, d'être
cavalier, fantassin, sapeur du génie, artil-
leur et saint-cyrien comme devant.

La série commence par l'école de peloton
exécutée en carrière sur de vieilles rosses, qui
obéissent d'elles-mêmes aux commandements
de l'adjudant écuyer.

Trois quarts d'heure après, on n'a que le
temps de décrocher ses éperons et de brosser sa veste blanche de poussière pour boucler
le fourniment et descendre manœuvrer dans
la large plaine du Marchfeld si nue, si
ardée de soleil, de l'aube au crépuscule.

Au polygone ensuite où, la pelle et la
pioche aux doigts, on se calle les mains à
creuser des tranchées-abris, où les professeurs de fortification s'évertuent à faire péné-
trer dans les cervelles rétives les principes
du défilement. Et laissant les camarades
clouer les lattes de bois qui ne peuvent par-

venir à se dégauchir, les malins se sauvent
derrière la batterie et y fument des cigarettes
à l'ombre des acacias fleuris, dont les pétales s'effeuillent comme une neigée légère...

Et, quatrième et dernier tableau, gauche,
droite, droite, gauche, en marche par le
petit bois vers le hangar, où le père Philippe
attend gravement planté au milieu de ses
canons. Alors, gantés de blanc, nous re-
muons les lourdes pièces sur leurs affûts,
nous traînons les caissons, les uns attelés
au timon, les autres poussant aux roues...

Le père Philippe sacre, nom de dieuse à
chaque mouvement, vague de tous côtés, se
met de la partie quand les servants improvisés commettent des bévues.

— Triples cosaques! crie-t-il, artilleurs de
deux sous!

Et mordillant les poils gris de sa moustache, il agite ses bras tout galonnés de che-
vrons d'or avec des gestes extravagants de
polichinelle.

Mais, la pause venue, il devient très

22.

bavard, contant sans s'arrêter l'histoire de
sa pipe d'écume, qui lui vient de la promotion de la colonne, ses campagnes, ses
conquêtes de garnison, pimentant ses souvenirs de mots gras, de ce pittoresque argot
de caserne, qui a des vibrations narquoises
de fanfares. Et les élèves font cercle autour
du parleur, se poussent du coude de temps
en temps, étouffent de la main l'éclat de
rire prêt à s'envoler aux grosses bêtises sin-
cères qu'il articule imperturbablement de
sa voix éraillée de vieux sous-officier...

LE TRIOMPHE

I

Aux premiers jours d'été, les écoles à feu commencent dans le polygone.

Le tir a lieu au coucher du soleil, à cette heure tardive dont la lumière est si douce, où la chaleur s'apaise, se fond en une tiédeur molle d'alcôve mi-close...

Le terre-plein étroit de la petite batterie déborde d'élèves qui se pressent autour des canons, affairés, suant, prenant au sérieux leurs rôles de pointeurs et de servants.

Et de quart d'heure en quart d'heure, les détonations se suivent, répondant comme un amen prolongé aux commandements traînards des capitaines d'artillerie.

C'est tour à tour le déchirement strident des mitrailleuses, la note grave des pièces de campagne, le vacarme assourdissant des pièces de siège et le crachement des mortiers...

Les oiseaux s'envolent épeurés, désertant les arbres familiers où leurs nids pendent encore parmi les branches.

La butte, si verte auparavant, se lèpre de larges blessures jaunes. Les cibles s'affaissent, éventrées par des projectiles. Les tonneaux seuls restent intacts, arrondissant, dans les hautes herbes, leur panse rebondie qui semble narguer les gueules béantes des canons.

Et, de-ci, de-là, un obus vagabond passe au-dessus de la butte et va éclater dans les guérets, tuant quelque pauvre bourrique qui broutait tranquillement les chardons, et épouvantant les glaneuses qui se sauvent à toutes jambes...

II

Cependant, soit hasard, soit habileté d'un pointeur, le tonneau est quelquefois atteint par les projectiles.

Aussitôt, les clairons sonnent un rigodon, et la batterie entière pousse des hurrahs enthousiastes. L'exercice est terminé, et on s'occupe d'organiser le triomphe.

Le triomphe !... Que ce mot a d'altières résonances, et quels souvenirs classiques il évoque !

Vous rappelez-vous, au temps où nous usions nos culottes sur les bancs, les pompeuses descriptions de Tite-Live qu'il fallait traduire mot à mot. La classe finie, les trompettes du consul vainqueur déchiraient encore nos oreilles de leurs fanfarades aiguës. On rêvassait du cortège innombrable se déroulant sur les marches de marbre du Capitole. Les enseignes d'or, les palmes vertes, les trophées de dépouilles trouaient l'azur implacable du vaste ciel. Les roues des chars passaient silencieusement, enfoncées jusqu'aux essieux dans les jonchées de lauriers-roses. Les belles captives marchaient devant le Victorieux, éblouissant les regards de leur splendide nudité. Et d'ironiques impré-cations venaient souffleter en plein orgueil l'homme que la foule divinisait...

Après de telles visions, combien le pion nous paraissait haillonneux et minable dans sa redingote étriquée et verdie par l'usure! Comme nous méprisions notre siècle et ses marionnettes si peu cornéliennes!

Tous ces anciens souvenirs me revenaient à l'esprit en assistant au prologue de la céré-monie. C'en est une, en effet, que le triom-phe avec des rites consacrés, des privilèges traditionnels, des acteurs et un cortège.

Général, officiers, anciens, melons, tout le monde est de la fête, en compagnie d'une prolonge d'artillerie et de quatre bons vieux chevaux blancs de trompette qui écarquillent démesurément leurs gros yeux étonnés...

Les acacias sont dépouillés de leurs branches. On dirait qu'il se prépare une biblique fête des Rameaux et qu'un vainqueur va tout à l'heure recevoir solennellement, dans la cour Wagram, toutes les clefs de l'École.

La prolonge est enguirlandée de feuillages et de fleurs. Les servants et les heureux pointeurs de la pièce qui a décroché la timbale, montent dans ce cadre de verdure et s'y groupent autour du tonneau peinturluré d'une couche tricolore.

Une garde d'honneur d'anciens forme la haie des deux côtés, et deux cavaliers conduisent les chevaux à la Daumont.

Derrière le char, les anciens s'avancent par compagnies. Tous ont découpé les franges de leur épaulette gauche. Les *fines-galettes* ont des aiguillettes rouges.

Le major de queue (1) commande les deux bataillons avec un sabre d'officier et les épaulettes jaunes de l'infanterie de marine.

(1) Le dernier de la promotion.

Le cortège s'ébranle, et entre dans la cour
Wagram par la porte de la carrière. A droite
et à gauche, les melons sont alignés et agitent des branches vertes. Le *Père Système* (1)
caracole devant les rangs.

Le général, son état-major, les femmes
des officiers en toilettes claires, sont assis
sous le zinguot. Alors, les hurrahs recommencent si forts, si prolongés, que les oreilles
des chevaux pointent effarées...

Les triomphateurs vont galamment offrir
leurs bouquets à la générale. Les tambours
et les clairons battent aux champs, tandis que
le *Père Système*, descendu de cheval, grimpe
quatre à quatre jusqu'à la salle de police et
délivre les pauvres diables qui se morfon-
daient dans leur étroite cellule.

Puis, les deux promotions forment le
cercle en face du réfectoire, et, debout sur
le perron, le major de queue adresse un
laïus aux camarades.

(1) Surnom donné à l'élève qui a le premier numéro
matricule de la promotion.

Martillac eut cet honneur, et je n'oublierai jamais les paroles verveuses, toutes brûlantes de vie, qu'il prononça de sa voix métallique.

Je le vois encore baptisant la promotion qui allait partir, et montrant à la fin, d'un geste superbe, la route de l'Est, la route des chères provinces volées, tandis qu'à voix lente, il évoquait le souvenir de nos aînés tombés si nombreux au champ d'honneur...

Il y a de ces minutes dans la vie où l'on se sent transfiguré, où tout ce qui peut se concevoir d'héroïsme vous entre au cœur et vous emporte d'un élan indompté, où l'on comprend ceux qui meurent le sourire aux lèvres pour une grande idée, pour une utopie généreuse.

Et cette date du triomphe, où j'ai compris pour la première fois ce que le pauvre Molène appelait «la Folie de l'Épée», restera pour moi l'une des plus chères et des plus radieusement illuminées de ma vie...

23

PÉKIN DE BAHUT!

Pékin de Bahut!

Aucune autre parole ne remplit depuis huit jours de ses appels allègres les immenses cours, les corridors et les dortoirs. On dirait l'alleluia de joie qui se mêle aux fêtes de Pâques dans les carillons éperdus des clochers, dans les psalmodies claires des enfants de chœur et dans le tintement des verres se choquant sur les nappes blanches.

Quelqu'un vous demande-t-il l'heure qu'il est ? Vous répondez machinalement :

Pékin de Bahut!

Vous jase-t-on de l'avenir couleur de rose,

de la future ville de garnison où, en regardant l'écriteau : « *Chambre garnie à louer !* » que le vent balance vis-à-vis sa fenêtre, quelque jolie grisette sans amoureux rêve déjà du nouveau sous-lieutenant qui viendra peut-être y loger le premier janvier ? On répond encore :

Pékin de Bahut !

Et sur le tableau noir, le tableau de *colle*, devant lequel on reste impassiblement planté, bouche béante et tête vide, tandis que du fond de son fauteuil l'examinateur répète lentement sa question, il vous prend des envies endiablées de tracer à la craie : Pékin de Bahut, en grandes lettres blanches irrégulières qui riront follement...

Les bazofs se bouchent les oreilles pour ne pas entendre l'antienne de délivrance qui les harcèle, les poursuit, les importune, comme ces mouches entêtées qu'on chasse de la main et qui reviennent aussitôt.

Garçons, perruquier, infirmiers, concierge, toute la bohème marchande qui grouille dans l'école, se confondent en salamalecs, en humbles offres de service. On ne vous parle plus qu'à la troisième personne. Mon officier désirerait-il ? Mon officier serait très satisfait ?...

Pékin de Bahut ! Le rideau est retombé. L'interminable comédie en deux ans et tant de tableaux est finie, et la troupe s'en va pour ne jamais revenir...

Les melons guignent d'un air morose le départ bruyant de leurs anciens. Mélancoliquement, ils les regardent déchirer en mille morceaux les livres, les cahiers de cours et couper les franges de leur épaulette gauche.

Sur les murs sont barbouillées au fusain d'énormes galettes de sous-lieutenant tout auréolées d'une pluie de rayons.

On respire comme un air nouveau, plus salubre, plus frais. Il semble que les murs épais qui bouchaient l'horizon se sont effondrés, troués de larges brèches, et laissent entrer à flots le soleil et l'haleine parfumée des bois profonds.

Les portes sont ouvertes au large. Partout. Porte des cuisines, porte d'honneur, porte du quartier de cavalerie. Toutes, si ce n'est celle de la salle de police, où les camarades malheureux attendent impatiemment dans une étroite cellule l'heure si désirée du départ. Et cela pour avoir arrosé de vin blanc une omelette à quelque auberge fleurie des bords de la Bièvre, un matin de levé topographique, ou pour un roman qui glissa de leur fausse manche dans les rêves d'une étude de sommeil militaire !

Plaignons-les.

Plaignons aussi ceux qui sont demeurés en route, les déveinards qui, restés muets aux examens, n'ont pas décroché l'épaulette de sous-lieutenant et sont condamnés à porter le sac dans un régiment inconnu.

Ils affectent de sourire, d'être insouciants au milieu de la joie bruyante de tous, mais leurs serrements de main ont quelque chose de désespéré, de pénible qui fait mal, et il revient aux lèvres machinalement la vieille complainte saint-cyrienne du *Fruit sec* :

> Amis, vous ne changeriez guères
> Votre belle épaulette d'or,
> Vos jours si brillants, si prospères,
> Contre une galette et mon sort.
> Je m'abusais dans l'espérance
> Dont se bercent les saint-cyriens.
> Ce que c'est pourtant que la chance !
> Allons anciens
> Pleurez donc moins !
> Morbleu ! pleurez donc moins !

Pauvres amis !

Plaignons-les et passons.

Passons bien vite. Notre petite malle est cordée ; la timbale et le couvert sont vendus pour cinq francs au marchand de tabac. Rien de nous, qu'une inscription mal gravée dans le bois d'une table d'étude, ne reste plus dans cette vaste école, où les jours nous semblèrent si longs, si trempés de spleen qu'on y rêvait parfois de la *citta dolente* du poëte italien.

Là-bas, la locomotive qui doit nous emporter ronfle sourdement.

Un dernier bonsoir à la cour Wagram,

au marchfeld, au petit bois, à l'infirmerie,
à la salle des jeux, au dortoir Magenta, à
l'étude Napoléon, aux amphithéâtres, à tous
les décors auxquels se sont si longtemps
usés nos fonds de pantalons, nos manches
de tunique, et en route, le képy campé sur
l'oreille...

La nouvelle vie, la vie virile et libre commence. Les oiseaux se roulent à tire-d'aile
dans les splendeurs du bleu. Les gamins
courent dans les rues du village, affublés
des schakos que les saint-cyriens ont jetés
derrière eux, ainsi qu'une inutile défroque...

Le train part.

Champdoré, le corps hors de la portière,
ne cesse de crier, tant que la grande
silhouette monastique de l'École n'a pas
disparu derrière l'épais rideau des bois :

— Adieu, sale boîte ! adieu, sale boîte !

Et ses mains étendues ébauchent dans l'air
le geste funéraire des prêtres qui marmottent
le dernier *requiescat in pace* sur la fosse
béante où le cercueil s'enfonce lentement...

A l'arrivée à Paris, le soir, aux abords de Montparnasse, bien des têtes se retournent étonnées pour regarder les saint-cyriens qui dévalent par bandes, désarmés, rayonnants, l'épaulette rouge en galette. Bien des belles filles qui reviennent de l'atelier s'arrêtent émues malgré elles, et le cœur battant un peu plus fort en se sentant coudoyer par ces inconnus qui semblent avoir des chansons et des baisers plein les lèvres...

Saluez-les, bourgeois, saluez-les jusqu'à terre, car ce ne sont plus maintenant des saint-cyriens, des écoliers qui apprenaient leur ingrat métier. Ce sont les jeunes officiers de France, ceux dont vous lirez quelque jour peut-être dans vos journaux les noms devenus glorieux, quand on aura enfin le droit de songer à la gloire, quand nos drapeaux déployés altièrement seront plantés sur les vieilles frontières, où ils ne flottent plus hélas! depuis si longues années!

FIN

TABLE DES MATIÈRES

LE ROMAN DES VACANCES

L'ANNÉE DE DÉLIVRANCE

PARIS — IMPRIMERIE MOTTEROZ

Rue du Four, 54 bis.